東野圭吾

Higashino Keigo

阿　夜／譯

黑笑小說

黑笑小說

Contents

總導讀——林依俐

由不屈的堅持所淬煉出的奇蹟

如果你問我，東野圭吾是位什麼樣的作家？

我會回答你，他是位不幸的作家。

你一定會覺得奇怪，光是以《嫌疑犯X的獻身》（二〇〇五）一書，便幾乎囊括了二〇〇六年日本推理文學相關獎項，同書在日本的銷售量更是打破五十萬大關的「暢銷作家」東野圭吾，怎會有什麼不幸可言？

在說明之前，請讓我先簡單介紹一下東野圭吾這位作家。

東野圭吾一九五八年生於大阪，大學畢業後進入汽車零件製作公司擔任工程師。由於希望在工作以外，也能在私生活之中有個較爲不同的目標，所以開始著手撰寫推理小說，投稿日本推理文學代表性的公開徵選長篇小說獎「江戶川亂步獎」。

這並不是東野第一次寫推理小說。早在他十六歲的時候，由於看了小峰元的作品《阿基米德借刀殺人》（一九七三，第十九屆江戶川亂步獎作品）大受感動，之後又讀了松本清張的《點與線》（一九五八）、《零的焦點》（一九五九）等作品。一頭推理熱的他便曾試著撰寫長篇推理小說，而且第一作還是以重大社會問題爲主題。然而由於完成於大學時期的第二作被周遭朋友嫌棄，「寫小說」這件事便從他的生活之中消失了好一陣子。

而獲得亂步獎的夢想讓東野重拾筆桿。在歷經兩次落選後，他的第三次挑戰——以發生在女子高中校園裡的連續殺人事件爲主軸展開的青春推理《放學後》（一九八五）——成功奪下了第三十一屆江戸川亂步獎。之後他很快地辭了工作，前往東京致力於寫作。自從一九八五年《放學後》出版以後，東野圭吾幾乎是每年都會有一到三部甚至更多的新作問世。他不但是個著作等身的多產作家，其筆下的內容也橫跨了推理、幽默、科幻、歷史、社會諷刺等，文字表現平實，但手法卻絲毫不拘泥於形式，多變多樣。

看到這裡，如果你對於近年的日本推理有一定程度的了解，或許你會聯想到宮部美幸——多采的文風、平實的敘述、充滿令人訝異的意外性；但是在兩者之間卻又有著決定性的不同。

那就是——相對於宮部美幸出道約二十年來，陸續囊括高達十項的日本各式文學獎，筆下著作本本暢銷；東野圭吾卻是一直與日本的各式文學獎項擦肩而過，且眞正開始被稱爲「暢銷作家」，也是出道後過了十多年的事。

實際上在《嫌疑犯X的獻身》同時獲得直木獎與本格推理大獎，並且達成日本推理小說三大排行榜——「這本推理小說了不起！」、「本格推理小說ＢＥＳＴ10」、「週刊文春推理小說ＢＥＳＴ10」——前所未有的三冠王之前，東野出道二十年來所寫下的六十本小說（包含短篇集）裡，除了在一九九九年以《祕密》（一九九八）一書獲得第五十二屆日本推理作家協會獎之外，其他作品雖然一再入圍直木獎、吉川英治文學新人獎等獎項，卻總是鎩羽而歸。

在銷售方面，他也不是那種只要出書就大賣的暢銷作家。在打著「江戶川亂步獎」招牌的出道作《放學後》創下十萬冊的銷售紀錄之後（江戶川亂步獎作品通常都能賣到十萬冊），整整歷經了十年，東野才終於以《名偵探的守則》（一九九六）打破這個紀錄，而眞正能跟「暢銷」兩字確實結緣，則是在《祕密》之後的事了。

或許是出道作《放學後》帶給文壇「青春校園推理能手」的印象過於深刻，東野圭吾本人雖然一直想剝下這個標籤，過程卻不太順利。書評家們往往不是很關心他在寫作上的新挑戰。這也難怪，在東野出道後兩年，也就是一九八七年，以綾辻行人等年輕作家爲首，提倡復古新說推理小說的「新本格派」盛大興起。從文風與題材選擇看來，東野圭吾作品用字簡單，謎題不求華麗炫目，內容既不夠社會派又不像新本格，自然不會是書評家們熱心關注的對象。

就這樣出道十餘年，雖然作品一再入圍文學獎項，卻總是未能拿到大獎；多少有機會再版，卻總是無法銷售長紅；傾注全力的自信之作，卻連在雜誌的書評欄都占不到個像樣的位置。

所以我才會說，東野圭吾是個不幸的作家。說眞話這何止是不幸，實在是坎坷，簡直像是不當的拷問。

在獲得江戶川亂步獎後，抱著成爲「靠寫作吃飯」之職業作家的決心，東野圭吾辭去了在大阪的穩定工作來到了東京。這個決定使得他沒有退路，不管遭遇什麼樣的挫折，都只能選擇前進。於是只要有機會寫，東野圭吾幾乎什麼都寫。

二〇〇五年初，個人有幸得以見到東野圭吾本人並進行訪談時，曾經談到關於他剛出道不久時，在推理小說的範疇內不斷挑戰各式題材時期之心境。他是這麼回答的：

「那時的我只是非常單純地覺得自己必須持續寫下去，必須持續地出書而已。只要能夠持續出書，就算作品乏人問津，至少還有些版稅收入可以過活；只要能夠持續地發表作品，至少就不會被出版界忘記。出道後的三、五年裡，我幾乎都是以這種態度在撰寫作品。」

不過畢竟是背負著亂步獎的招牌出道，畢竟是身處日本泡沫經濟蓬勃、推理小說新風潮再起的八〇年代後半至九〇年代，向其邀稿的出版社當然也都希望東野圭吾能夠以「推理」爲主題書寫。配合這樣的要求，以及企圖擺脫貼在自己身上那「青春校園推理」標籤的渴望，東野嘗試了許多新的切入點，使出渾身解數試著吸引讀者與文壇的注意。於是古典、趣味、科學、日常、幻想，在他筆下似乎沒有什麼題材不能入推理，似乎沒有題材不能成爲故事的要素。或許一開始只是爲了貫徹作家生活而進行的掙扎，但隨著作品數量日漸累積，曾幾何時也讓東野圭吾在日本文壇之中，確實具備了「作風多變多樣」這難以被輕易取代的獨特性。

是的，東野圭吾是位不幸的作家。但也因此我們才得以見到，那些誕生於他坎坷的作家路上，由歷經幾多挫折仍不屈的堅持所淬煉而成，在簡素之中卻有著數不清面貌的故事。以讀者的角度而言，能與這樣的作家共處同一個時代，還眞是宛如奇蹟一般的幸運。

在推理的範疇裡，東野圭吾從不吝惜挑戰現狀。從初期以詭計爲中心的作品，漸漸發展出許多具有獨創性，甚至是實驗性的方向。其中又以貫徹「解明動機」要素（WHYDUNIT）的《惡意》（一九九六）、貫徹「找尋兇手」要素（WHODUNIT）的《其中一個殺了她》（一九九六）、貫徹「分析手法」要素（HOWDUNIT）的《偵探伽利略》（一九九八）三作，可說是東野在踏襲傳統推理小說元素之下，卻又充分呈現了屬於現代風貌的鮮麗代表作。

而出身於理工科系的背景，也讓東野在相較之下，比其他作家更擅長消化並駕馭以科技爲主軸的題材。像是利用運動科學的《鳥人計畫》（一九八九）、涉及腦科學的《宿命》（一九九〇）和《變身》（一九九一）、生物複製技術的《分身》（一九九三）、虛擬實境的《平行世界戀愛故事》（一九九五），還有之後以湯川學爲主角展開的「伽利略系列」裡，東野都確實地將自己熟悉的理工題材，在分解組合後以最簡明的方式呈現在讀者眼前。

另一方面，如同「處女作是作家的一切」這句俗語所述，高中第一次寫推理小說便企圖切入當時社會問題的東野圭吾，由《以前我死去的家》（一九九四）中牽涉兒童虐待的副主題爲開端，對於社會人心的描寫，似乎也成了他作家生涯的重要課題。例如以核能發電廠爲舞臺的《天空之蜂》（一九九五）、試探日本升學教育問題的《湖邊凶殺案》（二〇〇二）、直指犯罪被害人及加害人家族問題的《信》（二〇〇三）和《徬徨之刃》（二〇〇四），都在在顯露出東野對於刻畫社會問題與人性的執著。

東野圭吾這種立足於推理，進而衍生至科技與人性主題上的寫作傾向，在發表於二〇〇五年的《嫌疑犯X的獻身》中，可說是達到了奇蹟似的調和，也因爲這部作品，在二〇〇六年贏得各種獎項，讓東野圭吾正式名列「家喻戶曉的暢銷作家」之列。加上這幾年來，東野作品紛紛電視電影化，他的不幸時代成爲過去，並站上前人未達之高峰。二十年來的作家生涯開花結果，創造了日本推理文壇近年來難得一見的奇蹟。

好了，別再看導讀了。快點翻開書頁，用你自己的眼睛與頭腦，去感受確認東野作品中理性與感性並存，而又如此引人入勝的獨特魅力吧！那將會勝於我在這裡所寫的千言萬語。

本文作者介紹

林依俐，一九七六年生。嗜好動漫畫與文學的雜學者。曾於日本動畫公司GONZO任職，返國後創辦《挑戰者月刊》並擔任總編輯，現任全力出版社總編輯，另外也負責線上共享閱讀平台ComiComi（http://www.comibook.com/）的企畫與製作總指揮。

另一種助跑

灸英社的神田於五點整抵達酒吧餐廳「SUNRISE」，向店員報上姓名後，被帶進位於店深處的小包廂。雖說是小包廂，內部空間頗寬敞，大約容納十人辦派對都不成問題。

不出神田所料，沒有半個人到場。他在靠門口的和室椅坐下，拿出菸來點上火，抽了一口之後，看了看手表，長針只前進了兩分鐘。

（果然沒必要約五點這麼早啊。）

他一邊將菸灰彈進菸灰缸裡，想起先前召集相關人士並提議「那大家五點左右會合吧」的，正是自己，當時雖然有人持反對意見，最後還是神田一句話敲定了。

（早知道就約五點半了。）

神田心想，其他人應該會更晚到吧。決選會議在五點開始，等到結果出爐還要好長一段時間，何況至今這個獎項的評審會議從來不曾在一個小時內結束過。

（嗯，無所謂啦。）

神田盤起腿來。說實在話，他還滿想一個人靜一靜的。方才離開公司前，妻子打來的那通電話內容，在他腦海不停盤旋。

「好像還是沒中耶，他剛剛打電話回來說要去辦重考班的報名手續。」

妻子的語氣陰鬱，聽得神田也心情黯淡了起來。

今天是兒子大學放榜的日子。他一路考來全部槓龜，今天放榜的這間是最後的希望，卻還是落榜，看樣子是逃不過當重考生的命運了。

（不僅要多一筆花費，接下來一整年，全家都得籠罩在低氣壓當中，一想到這就提不起勁。又要看兒子的臉色，還要面對老婆的歇斯底里，煩都煩死了。）

神田正打算點上第二根菸，門打開了，進來的是《小說灸英》編輯部的鶴橋。

「啊，神田先生，只有您到嗎？」

「嗯，看來約五點眞的太早了啊。」

「所以我不是說了嘛。」鶴橋笑著應道，旋即在神田的對面坐下，張望了一圈之後說：

「請問，寒川先生的位置是……？」

「請他坐中央吧？」

「喔，說的也是。」

鶴橋的指尖往桌面叩叩地敲著，顯然有些心神不寧。

「我說啊，」神田開口了，「你前天見過花本老師了吧？」

「是。」

「老師有沒有提到關於今天決選會議的事？」

「呃……」鶴橋搔了搔頭，「想也知道他不便透露吧，只不過呢……」

「怎麼？」

「老師稍微提到了望月先生，說望月先生這已經是第三次入圍了，應該很想得獎吧。」

「是喔，他看中的是望月先生啊……」

「我想應該是這個意思吧。否則您看看像寒川先生，都已經第五次入圍了，老師卻一個字也沒提到他。」

「所以花本老師是投望月先生一票了。」神田說著繃起了臉。

「因爲花本老師很喜歡那種調調的作品吧。」

「也對。」神田匆匆地吸了一口菸，「我從文福社那兒聽來的消息是，鞠野老師打算投給乃木坂小姐呢。」

「果然，不出我所料。」鶴橋點點頭，「上次的決選，就只有鞠野老師一人投給乃木坂小姐，顯然上次沒能奪冠的仇，他一直記到現在。」

「所以這次更別想要他讓步了。」神田嘆了口氣，再度看向手表，指針指著五點十五分。

「我們先點啤酒吧？」

「好啊。」神田也贊成。

（呿，眞是倒楣，爲什麼我得待在這種鬼地方？）鶴橋壓抑著內心的不滿，喝了口啤酒。（本來我現在應該是和乃木坂小姐一起等決選結果出爐的，再怎麼說，我可是乃木坂小姐這一路走來的責任編輯啊！雖然我現在也負責寒川先生的作品，可是我才剛調過來不是嗎？更別提寒川先生的原稿，我連一張稿紙都還沒拿到；和寒川先生認識最久的明明就是總編啊！可是，那個可惡的鬍碴臭老頭！）

總編輯的話語又在他耳邊響起：

「我來陪乃木坂小姐等消息就好，你去照顧寒川先生吧。當然，只要一宣布是你們那邊得獎的話，我馬上過去和你會合。」

（什麼叫做「只要一宣布是你們那邊得獎的話」！）鶴橋暗自咂了個嘴。（明知道寒川先生得獎的可能性有多低，就是擺明了要獨吞好處嘛！再說那個鬍碴臭老頭當上總編之前，根本一次也沒見過乃木坂小姐啊！可惡！）

「我問你啊……」神田壓低了聲音問道：「如果沒中的話，怎麼辦？」

「什麼怎麼辦？」

「就是接下來該怎麼辦呀！我想大家就在這兒先吃點東西，等一下再去別處喝酒，你覺得呢？」

「去銀座如何？」

「嗯，去『睫』好了。」神田提出一家藝文圈人士時常出入的酒吧。

「好啊，就交給您決定吧。」

「嗯——，不過還是要看寒川老師的意願啦。」神田一臉沒勁地凝視著空中。

（怎麼一副就是唱衰寒川先生的模樣。）鶴橋只覺得掃興不已。（身爲出版人都這副德性了，出版界還有未來嗎？呿，眞是倒楣。啊——，好羨慕能去乃木坂小姐那邊的人啊！）

這時，包廂門又打了開來，進來的是金潮書店的廣岡。

「二位好呀！」廣岡舉起一手打了個招呼，在神田身邊坐了下來，「寒川先生還沒到嗎？」

「嗯，我想應該快出現了吧。」神田看著手表說道。

「今天的決選，看樣子會拖滿久的。」廣岡說。

「會嗎？」

「嗯，因爲一般預測都認爲，最後會處於三者相互牽制的狀況。」

「三者是指，乃木坂小姐、望月先生和……」

「寒川先生。以上。其他的作品應該都沒望了吧。」

「寒川先生有希望嗎？」神田的語氣帶著些許期待。

「我是覺得有啊，畢竟都第五次入圍了。」

「嗯——」神田盤起胳膊沉吟了一會兒，接著又望向廣岡說：「剛才我們在聊，要是沒中的話，大夥兒就在這兒稍微吃點東西塡肚子，之後再去『睫』續攤，你覺得如何？」

「嗯嗯，很好呀，記得上次落選時也是這麼處理的吧。」

「廣岡先生，你也會一起過去吧？」

「嗯，一起去嘍。」廣岡點了點頭。

（誰要跟你們一起去啊！）廣岡嘴上同意，內心卻狠狠地拒絕了神田的提案。（也不想想上次寒川老頭落選時，我被拖累得多慘啊！抱怨抱怨抱怨還是抱怨，沒完沒了，抱怨再多又不會改變結果！罵評審委員就算了，到後來居然把矛頭指向我，執拗地說什麼「廣岡老弟啊，像這種評選，不是都有一些獨特的慣性嗎？你們編輯有沒有好好地幫忙推屁股啊？」哼，只差沒說出「我沒得獎都是因爲你們辦事不力啦」。開什麼玩笑！一個小編輯說的話，那些一個比一個頑固的評審委員最好是聽得進去。總之，今天他要是落選了，我一定要先逃爲妙。雖然這樣對神田很不好意思，聽寒川老頭抱怨的差事，就交給這個傢伙吧。說到底，弄出這次作品的本來就是這傢伙嘛。）

「聽鶴橋說，花本老師好像會選望月先生，而鞠野老師則是投乃木坂小姐一票，所以，關鍵就在其他評審委員身上了。」神田悄聲說道：「狹間老師向來中意時代小說，可是這次的入圍作品全都不是時代，這麼一來，不知道他會選誰喔？」

「狹間老師這次應該沒有特別心儀的哦。」廣岡撇著嘴笑道：「勉強要說的話，應該是乃木坂小姐吧，因爲這次只有她的作品當中沒有推理元素。」

「狹間老師討厭推理嗎？」

「嗯，科幻小說也不行，故事裡有電腦出現的情報小說也不是他的菜。對他而言，只有時代小說才是王道。所以當他得知這次入圍的作品當中沒有時代小說，相當不開心呢。就我的觀察，他要不是隨便選一個，就是決定評從缺吧。」

「這麼說來，也不能寄望狹間老師那一票了。」神田搔了搔頭，「那夏井老師呢？」

「應該只有夏井老師會投給寒川先生哦。」廣岡立刻回道：「他雖然身爲文壇大老，對於新進作家卻有著相當強的競爭意識，看到有可能打動讀者的作品，他的評分尤其嚴苛。就這點來看，寒川先生有點年紀了，作品風格又完全不合時宜，對他來說根本不會構成威脅。」

「不過他也不見得會多積極地推舉寒川先生吧。」

「嗯——，這我就不清楚了。」

「還有平泉老師的一票。」神田偏起頭，「他就很難預測了。這位老師每次當評審委員，講起評語來總是難以捉摸，一下子說小說最重要的是有趣，一下子又說光有趣是不行的……」

「呃……」一旁的鶴橋插嘴了，「前幾天的聚會上，我聽見平泉老師稱讚了望月先生的作品。」

「咦？眞的嗎？」神田睁圓了眼，「他怎麼說的？」

「他說，作品的有趣程度拿捏得恰到好處，平衡感頗佳，頗令人中意。」

「那是什麼評語啊？唔——，所以平泉老師也是投給望月先生……」神田屈指算了起來，「這麼一來，望月先生和乃木坂小姐很可能各得兩票，寒川先生不就敬陪末座了嗎？」

「哎，我們在這兒預測獎落誰家也沒用吧。」

「還是得不了獎嗎……」神田板起了臉，「虧寒川先生這次還寫出了自信之作耶。」

「又還沒確定結果，我可是還沒放棄希望哦，我們是眞心地期待寒川先生能夠以這次的作品奪下獎項。」

「因爲寒川先生的下一本書會在你們家出版，對吧？」

「是呀，所以如果他這次能得獎，我們出版社也與有榮焉。」

（不得獎更好。）廣岡暗忖。（總不能好處都給你們灸英社占盡吧。寒川要是有得獎的命，當然要等到下一本在我們家推出的作品再得獎呀！這次就讓他落選吧！落選落選！）

「嗯，我打從心底祈禱他能得獎呢。」廣岡說著，喝了一口送上桌的啤酒。

就在這時，寒川心五郎翩然走進包廂，一身筆挺西裝，頭髮顯然是剛去美容院梳理過的。三名編輯立刻起身。

「哎呀，你們好啊！眞是煩勞你們了。哦，廣岡小老弟，你也來啦！」作家笑咪咪地坐到中央的座位。

「這麼重要的日子，我當然不能缺席呀！」廣岡滿臉堆笑，「嘩，老師，難得看您穿西裝呢。」

「咦？是嗎，你沒見過？哎呀，也沒有特別爲了什麼，只是覺得偶爾穿正式點也不錯啦。」作家露出有些意外的神情。

（每次都這樣，一舉一動都讓人一眼就看穿。）廣岡心想。（現在就爲記者會做好準備，會不會太心急了？這個人就是這一點讓人不舒服。）

「您穿起來眞的很好看呢！」廣岡說道。

鶴橋叫來店員，請他們開始上菜。

（果然不該穿西裝來的。）寒川瞄了瞄編輯們的神情。（這樣是不是太明顯了？一副就是打算上臺領獎的模樣嗎？對喔，我在這些編輯面前好像還沒穿過西裝？哎呀，這下糗了。）

「你們最近很忙吧？」寒川輪流望向三人。

「不不不，唯獨今天，再怎麼忙也要把時間騰出來呀。」廣岡說道。

「等一下扁桃社的駒井也會來哦。」神田補充道。

「是嗎？扁桃社呀。」

（呿，只派駒井那個小編輯過來。）寒川撫了撫下巴。（部長不會來嗎？總編呢？上次遇到時，他們還說「非常期待您的大作！」該不會跑去望月還是乃木坂那邊了吧？）

餐點送上來了，神田率先舉起啤酒杯邀大家喝酒開胃，在座的人紛紛舉杯。寒川也稍稍舉起酒杯啜了一小口，繼續觀察三名編輯的表情。

（這幾個傢伙內心是怎麼想的？真的覺得我會得獎才過來的嗎？還是對我壓根不抱任何希望，只是出於禮貌不得不來陪我？）

「在我的預測啊，」寒川緩緩地靠上椅背，盤起腿來。「首選應該是望月君，次選則是乃木坂小姐。」

「咦？是嗎？」神田一臉訝異。

「嗯。像這種決選會議啊，通常都不是以加分法、而是以扣分法定江山。所以看到這次望月君的作品，我想應該很少評審會扣他分數吧；至於乃木坂小姐，由於鞠野先生很中意她的作品，那張應該是鐵票了。」

「寒川老師，您怎麼這麼說呢？」神田苦笑道：「您的作品才是重點呀。」

「我是不可能得獎的啦。」寒川笑著搖了搖頭，「入圍這麼多次，決選會議的運作模式也大概看得出來了。該說是壞習慣嗎？我現在甚至會忘了自己也是入圍者，不知不覺客觀地分析了起來呢。」

「不不不，我們深信老師一定會得獎，才會聚在這裡一起等好消息呀！」

「不用在意我啦，反正我今天本來就是抱著落選的心態來和大家聚聚，我們就放鬆心情，玩個盡興吧！」寒川說著，一口氣喝掉半杯啤酒。

（「深信老師一定會得獎」——他是這麼說的吧？）寒川反芻著神田的話語。（他這是眞心話嗎？神田平常並不會隨口瞎扯，行事也算穩重，所以他說了「深信」，就代表他有一定的根據嘍？這麼說來，我……我有可能得獎？）

「哎，眞希望早點公布早點結束。」寒川嘆了口氣，「我自己沒把這事兒放心上，反倒是身邊的人，一個比一個緊張，像我根本忘了今天是決選會議的日子，還是我老婆提醒，我才想起來的。沒辦法，截稿日快到了，我心上也是惦著一堆事要處理啊。」

「是啊，老師您貴人多忘事嘛。」廣岡頻頻點頭。

（逞什麼強啊。）廣岡一邊幫寒川斟啤酒。（根本就是想得獎想得不得了，那麼想要就坦白講啊，耍帥給誰看？不過也好，現在愈是裝模作樣，等一下要是落選，愈不好開口抱怨，這樣就算我說要先離席，他也沒辦法硬把我留下來了吧。總之等結果一出來，我得馬上採取下一步行動才是。看樣子這次應該是望月了，聽說他們那邊在銀座的飯店裡等消息，我說什麼也要趕上記者會！）

包廂門突地大開，所有人嚇了一大跳，轉頭一看，進來的是扁桃社的駒井。「哎呀，不好意思遲到了！」

「是你啊。」廣岡一副不耐煩的語氣，「嚇死我了，我還以爲是執委會打電話來了呢。」

「抱歉抱歉！」駒井哈著腰坐了下來，「呃，結果還沒出爐嗎？」

「是啊，不過應該差不多了吧。」神田又看了一眼手表，「已經過六點了。」

「六點？那應該是還沒決定呀。」廣岡說：「之前都要到快七點才有結論哦。要是評審之間有爭議，拖到八點也不是不可能。」

「是嗎？他們不是都會趕在NHK的晚間新聞播報之前公布嗎？」

「不不，也是有趕不上的紀錄哦。」

「哎呀呀，無所謂啦！」寒川刻意以開朗的語氣說道：「別管什麼獎了，大家吃吃喝喝，玩得開心一點嘛！」

「說的也是呢。」編輯們應聲之後，紛紛開始動筷。

（現在會議進行到什麼階段了呢？）寒川一邊將食物送進口中一邊想著。他完全不曉得自己吞了什麼下去，啤酒喝起來也毫無味道。（如果有爭議，表示評審委員的意見分歧成兩派嘍？這麼一來，也不無可能是雙得獎者？所以其中一個會是我？望月和我，或者是乃木坂和我。對，不是不可能的，文學獎項最常爆冷門了。）寒川曉得自己的心跳正在加速，掌心也忽地滲出汗水。（沒錯，就算我得獎也不奇怪。評審的口味總是陰晴不定，天曉得他們會說出什麼樣的評語。也就是說，我很可能是名正言順的得獎者？我的名字會出現在明天的報紙上？）

「老師，您這次有自信取下獎項嗎？」駒井問道。

「咦？自信？」

「是呀，您得獎的自信，大約有幾成呢？」

「哎，這又是個無謂的問題了。我有多少自信，並不會幫我的作品加分呀，所以我從沒想過這種事。而且說眞的，得不得獎都無所謂啦，我又不是爲了得獎而寫小說的。」

「沒錯！您說的一點兒也沒錯。」神田大大地點了個頭，「老師您的作品總是第一考量到讀者的閱讀樂趣，這一點，您的讀者都非常明白呢！」

「嗯，我的確常收到寫著這一類感想的讀者來信。」

「是喔，那這麼說來，今天的決選會議對您來說根本不重要嘍？」駒井問道。

「是啊。不過當然，評審如果想頒獎給我，我也會欣然接受的啦。」寒川說到這，張大口呵呵地笑了。

（隨便啦。）駒井暗忖。（這個人得不得獎關我屁事，又不會把獎金分一些給我。只是老闆叫我來看看之後續攤有什麼要幫忙的，我才不得不來處理，淨是些麻煩事。我看今晚肯定又得陪這些人鬧到三更半夜，煩都煩死了。眞要說的話，我還寧可這個人落選呢。）

「我這一整個星期啊，每天都會去神龕前雙手合十祝禱哦，請求神明千萬保佑！」駒井握著拳熱血地說道。

「什麼神龕啊？你還年輕，怎麼用詞這麼老氣橫秋的。」寒川笑了。

（請讓我得獎吧！）作家在內心不斷地祈求。（我無論如何都想得到這個獎！一旦得了獎，不但書能大賣，書店也會大規模陳列我的作品。寒川心五郎一躍成爲主流作家，辦信用卡也不成問題，搞不好還會有電視通告。以後聽到寒川心五郎這個名字，再也不會有人嘲笑說「哎呀，不好意思，沒聽過這是哪位耶。」還有那些老覺得我紅不起來的親戚，我這下終於能夠在他們面前揚眉吐氣了。請讓我得獎吧！這次已經是我第五次的入圍了，差不多該讓我得獎了吧？我眞的好想得獎！不能讓我落選啊！）

「其他那些人現在一定正在等結果出爐，緊張得不得了吧。」寒川拿出菸，慢慢地啣到嘴上。

鶴橋快手快腳地湊上去幫他點火。

「其他人……是指望月老師嗎?」

「嗯，還有乃木坂小姐呀，她這次應該很有自信得獎吧。」

「是嗎?可是之前我聽到乃木坂小姐說，她覺得這次應該是寒川先生得獎呢。」

「那只是客套話啦，她是因爲知道你是我的責任編輯，才會這麼說吧。」

(眞的嗎?乃木坂眞的這麼說嗎?所以，她應該是有某種根據嘍?是不是聽到哪裡傳出消息說我極有可能得獎?喂，話不要說一半吶!)作家挾著菸的手指不禁顫抖了起來。

「我不覺得她在說客套話呀，乃木坂小姐說她讀了寒川老師的作品，覺得很感動呢。」

(廢話，想也知道是客套話吧。)鶴橋在心中吐了吐舌。

「是嗎?她還眞會說好聽話。」寒川匆匆地呼了口煙。

(沒想到乃木坂也是有她可愛的一面嘛。呃，不，搞不好是因爲她覺得自己十拿九穩，才說得出這種風涼話。對，一定是這樣。呿，搞什麼!這個狂妄的小妮子!)

(乃木坂小姐沒看到我出現，不曉得會不會生我的氣呢?)鶴橋一直掛心這件事。(總編有沒有好好地幫我解釋呀?「鶴橋很想和乃木坂老師一起等待好消息，但是又不得不去寒川先生那邊。」要是他沒安撫好，等到乃木坂小姐得獎時我再趕過去，不是很尷尬嗎?啊啊，可惡，怎麼不快點公布結果!反正不是乃木坂小姐就是望月先生，我待在這裡只是浪費生命啊！）

這時包廂門打開來，一身黑制服的店員進來說：「請問是不是有一位神田先生？」

「啊，我是。」神田微微舉起手。

「櫃檯有您的電話。」

聽到這句話，包廂內頓時一片鴉雀無聲。

神田走出包廂後，沉默仍持續了好一會兒。首先開口的是作家。

「哇哈哈哈哈！」他張大口笑了，「看來被我猜中啦！這次又槓龜了。要是得獎，應該會直接叫得獎者接電話的。」

「不會啦，我看不見得吧。」廣岡話只說到這裡就接不下去了。（就是這麼回事嘍。）他心中思索著。（就我負責的作家所參與過的獎項來看，從來沒有作家得了獎，電話卻是打來通知責任編輯的。看來這人鐵定落選啦。）

「哎喲，無所謂啦！」寒川的聲音帶有刻意的興奮，「總之，我們今天就喝個痛快吧！難得大家聚在一塊兒嘛！鶴橋君，多喝點！」

「啊，不好意思，謝謝老師！」由於作家拿起啤酒瓶作勢幫他斟酒，鶴橋連忙拿玻璃杯去接。

（果然是落選了，那得獎的到底是誰？如果是望月先生就算了，但若是乃木坂小姐的話，我說什麼都得趕過去才行呀！）鶴橋心不在焉地喝下啤酒。

「好啦，到底是誰得獎呢？」寒川說道：「是望月君還是乃木坂小姐呢？如何？要不要來賭一把呀？」他的臉頰不自主地抽動，臉上掛著僵硬的奇怪笑容。

（可惡！可惡！可惡！還是槓龜嗎？為什麼得獎的不是我？給我得一次會死嗎？我啊……我啊……入這行都三十年了！那些近幾年才冒出來的小作家，書寫內容的深度和我根本沒得比，為什麼還是不認同我呢？為什麼評審委員不能理解我的作品呢？）

「哎呀，就算這次不行的話，還有下次嘛。」廣岡說：「就以老師在我們家出版的作品一決勝負吧！下次絕對沒問題的！」

「不……，呃……，我不是說了嘛，我不是為了角逐獎項而寫小說的。」

「您別這麼說呀。」

（那接下來就得研究他落選的原因到底是什麼了。）廣岡搓著手思量著。（落選五次，就代表這位作家寒川寫的東西，可能壓根不對現今評審的胃口，這麼一來，我們也得重新評估了，搞不好送選再多次也是一樣的結果。不知道是望月還是乃木坂得獎呢？不管他們兩個誰得，都比這個槓龜大王有希望多了，我們是不是該轉去巴結那些人才是上策？）

「不好意思。」駒井站起身說要去上洗手間，但其實他還有另一個目的。

（哎呀呀，都快窒息了。）走出包廂的駒井大大地做了個深呼吸。（這氣氛簡直就是守靈夜嘛。寒川老師表面裝作沒事，誰看不出來他失望得都快哭了。得趕快逃離這種鬱悶的宴席才行，來想個藉口逃走吧。不過話說回來，他落選眞是太好了。）

店家的電話就設在廁所外頭，神田仍在通話中。

（爲什麼？爲什麼？爲什麼？）作家一邊提醒自己要擺出笑臉，內心卻不停地質疑著。（爲什麼我只有落選的命？爲什麼評審都不喜歡我的作品？）他的額頭開始冒汗。

（我知道了，那些評審是嫉妒我的才華。沒錯，一定是因爲這樣。要是我的名字與作品大紅大紫，他們擔心自己的讀者會轉而投向我的懷抱。我寒川心五郎對那些傢伙來說是莫大的威脅，對，只有這個可能了。眞是一群度量狹小的傢伙，卑劣的人們，他們一定是一路這麼捍衛著自己的地位到今日吧！可惡可惡可惡！太不公平了！不公平！）他的腦袋發熱，手腳卻莫名地發冷。

（到底是誰得獎嘛？快點告訴我們好嗎？）鶴橋整個人坐立不安，一心只想衝出包廂。

（是乃木坂小姐吧？那我得趕過去才行，一定要第一時間送上恭賀的話語啊！）

（這個老頭，應該是玩完了。）廣岡望著作家脹紅的面容思忖著。（現在回頭想想，他第一次入圍的作品就是他的高峰了，之後內容愈來愈差；這次會讓他入圍，也只是因爲幫他出書的灸英社是這個獎項的贊助廠商罷了。年紀又老大不小，看樣子，已經扶不起來了吧。）

包廂門「碰」地大開，駒井衝了進來。

「老師老師！老師——！」撲上前的駒井幾乎要抱住寒川。

「怎、怎麼了？」

「老師！恭喜您！恭喜您！」

「咦？恭喜我？……咦！你是說……？」

「是的！您得獎了！恭喜老師！」

「什麼——！」寒川瞪大了眼。

「你確定嗎？」廣岡問。

「我確定。剛才神田先生一邊接聽電話，一邊對我比出勝利手勢！」

「啊啊——！」廣岡與鶴橋同時放聲大喊。

「老師！恭喜您！」鶴橋握住寒川的右手。

「果然老天有眼！我一直深信老師一定會得獎的！」廣岡緊緊握住寒川的左手。

「得獎……，我嗎……？」作家站起身。

（我得獎了。終於得獎了。這不是夢。我眞的得獎了。筆耕不輟三十年，終於、終於、終於……那個獎……我、我、我得……得、得獎……）

「啊！老師！」

「寒川老師！」

「您怎麼了？」

「振作一點啊！」

「糟了！」

「哇啊啊啊啊啊——」

「他的脈、脈、脈搏……」

（呼——，眞是太好了。）神田掛上電話，往包廂走去。（能夠備取上榜眞是太走運了！這下子就不必上重考班，老婆的歇斯底里也會好一些吧。不過話說回來，她怎麼會知道這裡的電話？啊，對了，我出門時留了紙條給她的。）

回到包廂門外，裡頭似乎起了不小的騷動，不知道發生了什麼事。

然而他正要打開門，身後有人喊了他：「請問是神田先生嗎？」

回頭一看，又是一身黑制服的店員。

「我是。」神田回道。

「有您的電話，是新日本小說家協會打來的。」

「啊，好的。」

（結果終於出爐啦。）他轉過身，再度朝電話走去。

譯註：本篇名〈もうひとつの助走〉據說諧仿自筒井康隆一九七九年的作品《大助跑》（〈大いなる助走〉），後者描述一名同人誌作家處心積慮、不擇手段也要獲得某文學獎的悲劇。

線香花火

1

牆上時鐘的長針陡地一動，指向晚間七點零三分

而幾乎於此同時，電話鈴聲響起。一直盯著時鐘的熱海圭介將視線移至灰色的電話機上，咕嘟吞了一口口水。

終於打來了——

這通鐵定是他引頸期盼的電話。偏偏在今天這種重要的日子，一堆賣房子的、拉保險的打電話來，但這通肯定是灸英社打來、足以決定他命運的電話。

熱海站起身做了個深呼吸，電話仍持續響著。說實在的，他很害怕拿起話筒。至今不曉得聽過多少次的回覆：「我們深感遺憾……」但即使聽了無數次，每每聽到這句話，那一瞬間內心的絕望，他怎麼都無法習慣。

心臟跳動的速度似乎是平時的一倍，鼓動的振幅也感覺大了一倍，頸動脈血管隨心跳的規律顫動甚至傳到了耳膜。

但是又不能不接電話，要是不快點接起來，對方可能會以爲他不在家而掛斷，要是狀況變成那樣，他一定會比現在還要焦慮好幾倍。

熱海抓緊話筒，慢慢地拿了起來，閉上眼，將話筒貼上耳邊。

「喂，我是熱海……」一開口的「喂」有些破聲，然後是沙啞的嗓音，但他緊張到連嚥口水都辦不到。

「喂？」傳來男性的聲音，「呃，我是灸英社的編輯，請問是熱海圭介先生嗎？」

「是的，我是。」

果然是灸英社！心跳噗通噗通、噗通噗通噗通噗通。

對方頓了一頓，接著說：「非常恭喜您，我們的『小說灸英新人獎』決選會議在剛剛結束，由熱海先生您的作品〈擊鐵之詩〉贏得了獎項。」

「咦？」血液直衝腦門，緊接著下一瞬間，血液開始在全身奔竄。「眞眞眞、眞的嗎？」

「是眞的哦。恭喜您。」

他禁不住全身顫抖，無法好好站著，於是他開始踱步，話筒仍握在手上，而空出來的一手則是緊緊握拳，手心滲著汗。這絕對不是夢！雖然之前夢過無數次這樣的情景，但此刻卻是千眞萬確的現實。

我得獎了！終於成爲作家了！

「所以呢，很抱歉這麼臨時通知，我們計畫將您的得獎作品刊載於下個月的《小說灸英》上，不知您是否同意呢？」

「好的，當然沒問題。」

熱海這下更是雀躍不已。——我的小說要刊在雜誌上了！我寫的文字將化為印刷活字！

「而在本文旁邊，我們將同時刊登您的得獎者感言，呃，大約兩百字左右，方便請您寫給我們嗎？」

「好的，我一定寫，要我寫多少都沒問題。」

「那麼就麻煩您在本週內交稿好嗎？郵寄或是傳眞過來都可以。」

「好的。」

太快了吧！才剛得獎，馬上就要請我寫東西了！

電話另一頭的編輯說他姓小堺，先對熱海詳細說明接下的領獎程序，接著告知出版社的電話與傳眞號碼，交代完便掛了電話。

熱海好一會兒仍處於呆若木雞的狀態。夢過無數次的得獎終於成眞了，但令他焦慮的是，自己腦中竟然遲遲湧不出現實感。

總之……

他再度拿起話筒。得報告好消息的對象，十根手指頭都不夠數。

2

哎——

小堺肇掛上電話，抽起菸來，將煙霧連同嘆息呼了好大一口氣出來。每半年就要痛苦一次的工作終於告一段落。

「打電話通知得獎人嗎？」總編青田問道。

「是的，打完了。」

「嗯，那個叫什麼名字來著……」青田拿起小堺辦公桌上的文件，上頭列著小說灸英新人獎決選入圍作品的大綱與作者簡介。「喔，對了，熱海圭介。私立太平大學文學部畢業，目前任職於事務機器製造商……。唔，眞是無趣的平凡經歷。年齡三十三歲……，有照片嗎？」

「在這裡。」

青田看了看小堺遞過來的照片，不禁蹙起眉頭，「搞什麼嘛？一張路人臉。看他寫冷硬派小說，我還暗自期待這人長得像個凶神惡煞呢，現在這是怎樣？根本就是個娃娃臉的略胖銀行員嘛。」

「不是銀行員，好像是業務員哦。」

「是喔？嗯……，可是長這樣，我就不想登作者照片了啊。眞是的，明明是個推銷商品的業務員，自己卻毫無賣點。」青田將照片放回桌上。「他那篇得獎作品，呃，叫什麼去了，擊鐵的……」

「〈擊鐵之詩〉。」

「對，他寫的東西就和他的長相一個樣，毫無特色。」

「是啊。」小堺打從心底認同這一點，「的確是相當糟的作品。」

「文字太老派了啦。」

「還出現這種句子呢：『他拿起火雞三明治，就著非勾兌波本威士忌囫圇吞下肚。』」

「現在這個年代還有人在寫那種類型的冷硬派小說就夠嚇人了，不過或許就是那厚顏的文筆贏得了評審的心吧。」青田撫了撫臉頰上的鬍碴，「我個人比較希望那個年輕妹妹得獎說。那個叫什麼……」

「您是說藤原奈奈子小姐吧？參賽作品是〈FLOWER FLOWER〉。」

「對對，就是小奈奈。選她多好啊，又是美女，看樣子身材也相當不錯啊。」青田說著，大剌剌地從小堺桌上捻起一張照片，正是藤原奈奈子的大頭照。即使是黑白照片，而且只拍到上半身，青田似乎還是看得出人家身材好不好。

「只可惜她的作品在第一輪就落選了。」

評審大多給了嚴厲的評語，說她的作品通篇是自我滿足，文筆稚拙。小堺拿來翻過，也差點讀不下去，根本看不懂她想講什麼。

「應該事先拿小奈奈的照片給評審看吶，男評審搞不好會改變心意的。」青田一臉遺憾的神情，看向手表，突然臉色一變，「哇！要命，再不走要來不及了。」

總編一把抓起外套，他得趕去銀座陪評審委員吃飯。

「赤尾老師那邊我會負責聯絡的。」小堺說。

「喔，麻煩你了，順便幫我和赤尾先生說改天一起吃個飯。還有關於連載的事，要不著痕跡地提醒他哦，那位大師啊，要是不照三餐催稿子，轉頭就給你忘得一乾二淨。」

「好的，我曉得的。」

總編離開後，小堺打了個大呵欠，又抽掉一根菸之後，拿起話筒打算打給暢銷作家赤尾膳太郎。先前曾向他談好一篇短篇，但要是沒有多番提醒，他很可能會忘了這回事。

短針即將指向八點，這是個一如平日的尋常夜晚。

3

「乾杯——！」

隨著歡呼，數杯啤酒同時舉向空中一處，由於力道相當猛，當中一杯的啤酒泡沫溢了出來，那正是熱海圭介的酒杯。他將嘴湊了上去接酒，一口氣便喝了三分之二杯，再將杯子放回桌上。

朋友們熱烈地鼓掌。

「謝謝大家！」熱海鞠躬行了一禮。

「哎呀！眞是太好了！」從進公司時便是摯友的光本開口了：「你從以前就一直說想當小說家，終於美夢成眞了！我也好替你開心呢！」

熱海也回想起當年的種種。「每次我說出這個夢想，幾乎所有人都當我在說夢話，冷嘲熱諷說作家不是那麼容易當得成的，只有光本你對我說，我一定辦得到。」

「我不是在說好聽話安慰你哦，我是眞的這麼認爲。從我們認識，你和大家的想法就不大一樣，看事情的角度也不同，我就覺得，這傢伙一定能夠完成夢想的！」光本像在對在場的大家演講似地。

「嗯，我懂我懂！我也是啊，每次和熱海先生交談，總是驚喜連連呢，因爲他的觀點和我們不一樣吧。我想啊，能當上作家的人，一定天生就具備這樣的特質哦！」隔壁部門的松原美代子大聲說道。

這裡是熱海他們下班後常會過來喝兩杯再回家的居酒屋，今晚由同期進入公司的同事爲熱海開慶祝會。

「可是啊，我說眞的，誰想得到熱海會成爲作家呢！」伊勢說道：「這麼說可能有點失禮，可是熱海在公司總是很低調嘛。」

「這就是他厲害的地方呀，所謂眞人不露相嘍。」光本反駁道：「厲害的人都是看準時機才出手，和一般人的作法是不同的。」

「你這麼說也是。哪像我們啊，寫個兩、三張的報告就傷透腦筋了，熱海寫的可是小說呢！在下眞的佩服佩服！」伊勢舉杯敬熱海。

「那篇小說會刊在哪裡呢？」光本問熱海。

「嗯，預定刊在一本叫做《小說灸英》的雜誌上。」

聽到這個回答，現場響起一片驚歎。

「太厲害了！」

「眞的是作家呢！」

「沒想到我身邊居然有這樣的大人物啊！」

每個人都搶著幫熱海斟酒。

「以後得叫你『老師』了哦。」松原美代子陶醉地望著熱海。

「別這樣，被叫老師怪彆扭的。」熱海喝著啤酒，心中不斷品味著那兩個字的餘韻。老師……，叫我老師嗎……

「公司這邊你打算怎麼辦呢？」伊勢問道。所有人的視線旋即集中到熱海身上，大家都很好奇他的回答。

「嗯，這件事我也正在考慮。」熱海謹愼地回道：「不過我想先努力看看能不能兩邊兼顧吧。」

「這就叫做『公私兼顧，兩造雙贏』嗎？」

「希望辦得到嘍。」

「太厲害了！」伊勢不禁發出羨慕的讚歎，「當一群人都在擔心會不會被資遣，你卻能夠公私兼顧，果然有才華的人就是不一樣！」

「可是公司這邊要是一忙起來，會不會軋不過來啊？」光本有些擔心。

「這一點我也頗煩惱，因爲我已經開始在寫第二部作品了，眞的很想要有更多的私人時間。我不希望由於時間緊迫而降低文章的品質，那樣太不專業了。」

聽到熱海這一番話，所有人都一臉羨慕地頻頻點頭。

「熱海先生，你應該也會以直本獎爲努力目標吧？」松原美代子說出日本最具代表性的主流文學獎。

「嗯，有朝一日嘍。」熱海微微點頭應道：「不過我不會爲了得獎而寫作，我只想寫自己想寫的東西。所以就這層意義來看，我也在考慮該挑選哪一間出版社比較好，因爲我不想和那種一味將他們的行銷包裝強加在我身上的出版社攪和。嗯，我暫時還會和灸英社合作一陣子吧，目前第二部作品應該會先交給他們。」

「哇！好期待哦！」

「熱海老師！」伊勢拿出萬用記事本和原子筆，「可以麻煩你幫我在這上頭簽名嗎？」

「咦？要我簽名？」

「嗯，可以嗎？」

「喔，是無所謂啊。」

「啊！那我也要！」其他人紛紛起身湊過來。

「啊——，也幫我簽名！」

這場慶祝會轉眼成了簽名會。

4

內線電話響起，小堺接了起來，是櫃檯打來的，說有一位熱海先生求見。「熱海先生？哪位啊？」小堺偏起了頭，「是說找我的嗎？」

「是的，他說要找《小說灸英》的小堺先生……」

小堺拿出記事本，翻開今天的頁面，上頭雜亂地寫滿這天的預定行程，當中出現一行歪七扭八的字：「熱海先生（新人獎）16點」。

喔喔，是得到新人獎的熱海啊——

小堺想起來了。之前曾將校樣交給熱海，請原作者做校正，當時也和他說過，校完傳真回來即可，但他很堅持要自己送過來炙英社。

「請他稍等一下，我馬上過去。」小堺立刻離開座位去找總編青田。「總編，熱海先生來了，您要見見他嗎？」

青田的一字眉彎了起來。「熱海？誰啊？」

「新人獎的得獎者。」

「喔。」青田登時一副興致索然的模樣，「不了，交給你吧。」

「好的。」

「對了，赤尾先生那邊怎麼樣？」

「還沒聯絡上，剛才我又撥了電話過去，可是還是轉到語音信箱。」

「這下傷腦筋了。」青田搔了搔頭，「最遲今晚非得揪出他不可啊。」

「是，我會想辦法。」小堺說完，離開了總編的辦公桌旁。

此刻小堺的腦袋完全被拿不到赤尾膳太郎的原稿一事占據，他們最擔心的狀況果然發生了，過了截稿日，還是一張原稿也沒拿到。雖然他們打一開始就沒期待能夠如期從這位超忙碌作家手中取得短篇，但他拖稿也拖得太誇張了，要是今天午夜十二點前拿不到至少一半的原稿，接下來編輯部這邊就有得瞧了。

小堺來到大廳，一名身穿西裝的矮胖男子正等著他。雖然之前見過熱海的照片，但親眼見到本人，這還是第一次。兩人簡單打過招呼後，面對面坐了下來。

「不好意思，請問您將校樣帶過來了嗎？」

「有的，在這裡。」熱海從緊抱著的公事包裡，取出一疊文件紙。

小堺當場快速翻閱了一遍。由於以出版社的立場，希望刊載的新人獎得獎作品能夠盡量接近參選時的原始模樣，所以交由作者本人校對，頂多只是改改錯字、檢查有無掉字罷了。

「這樣就沒問題了，謝謝您特地送過來。」小堺說著就要站起身。

「呃……，不好意思，」熱海開口了：「我想請問一下，插畫部分你們會怎麼處理？」

「插畫？您的意思是？」

「請問是由哪一位插畫家操刀呢？」

「喔，這部分……」小堺翻開記事本，「我們會配上丸金大吉先生的插畫。」

熱海一聽，頓時面露不滿地皺起了眉。

「那個人啊，他的畫沒有想像空間，給人的衝擊不夠強烈。我覺得影山寅次先生的插畫是最適合我文章的意境的。」

「呃……，這樣啊。」

「能不能請你們換成影山先生的插畫呢？」熱海一副理所當然的語氣問道。

小堺嚇了一大跳，緊盯著熱海看了許久。看樣子這個人不是在開玩笑。

「不好意思，這可能有點困難……」

「真的沒辦法嗎？」

「因爲丸金先生的插畫已經完工進稿了。」

「這樣啊。」熱海噘起下脣，「下次麻煩事先和我商量一聲好嗎？」

「眞的很抱歉。不好意思，那我先告辭了。」小堺很快地起身，沒想到熱海又開口了。

「喔，還有啊，我帶了這個過來。」他從公事包取出一個很大的牛皮紙信封袋。

「這是什麼？」

「得獎後的第一部作品。」

「啊？」

「就是我的最新作品。」

「您已經寫好了？」

「我把從前寫的東西整理了一下，〈擊鐵之詩〉的主角這次將以香港爲舞臺大展身手。」

「是……」小堺看了一眼信封袋內容物，裡頭緊緊塞著以文字處理機打字印出來的文件紙，少說有一百張，換算成稿紙恐怕超過三百張吧。「這故事似乎相當長呢。」

「如果沒辦法一次刊完，連載也無所謂的。」熱海靠上椅背蹺起腳。

「好的，我明白了。我先將稿子帶回編輯部，我們內部再討論看看。」

「麻煩你了。喔，下次請記得使用影山寅次先生的插畫哦。」

「是，我們會考慮的。」

小堺一回到辦公桌前，同事馬上喊他：「小堺，赤尾先生的電話！」

「啊！來了來了！」他連忙衝到電話旁，方才熱海交給他的校樣就丟在桌上，而那個牛皮紙信封袋則是被扔進他辦公桌下方的紙箱裡，箱子外側以奇異筆寫著「投稿稿件及其他（不予刊載）」。

5

看到書店陳列的《小說灸英》十月號，封面上寫著一行「小說灸英新人獎公布」，熱海突然感到一陣目眩，但當然，是由於太過喜悅而引起的。

啊——，終於到了這一天！我的夢想終於實現了！我的「日本夢」！熱海顫抖的手拿起一本《小說灸英》，他想翻開目次頁來看，手指頭卻不聽使喚。

好不容易翻到目次，他的視線立刻掃過一遍。有了！

「小說灸英新人獎公布　得獎作品〈擊鐵之詩〉　熱海圭介」

這一行字，他看了一次又一次，臉上只差沒浮現得意的笑。他忍住笑意，將店內所有的《小說灸英》全抱到結帳櫃檯。

櫃檯女店員看到這位客人拿了五本一模一樣的小說月刊要結帳，不禁睜大了眼。

「呵呵，是這樣的。」熱海邊說邊翻開目次頁，「這個新人獎的得獎人就是我啦。妳看，這裡有照片。」

女店員看了看照片，又看了看熱海，微微點了點頭，「啊，眞的耶。」

「對吧，就是我本人哦。」

「您好厲害，得了新人獎呢！」

「哎呀，也還好啦，沒什麼了不起的。」

不知是否聽見了他們的對話，開始有客人望向櫃檯這邊。熱海雖然覺得害臊，但這情緒當中帶著相當程度的快感。

那天晚上，他回老家接受親戚的祝賀，宴席的座位排成ㄈ字形，熱海坐在最上座，左右則坐著他年邁的雙親。先前一直反對兒子寫小說的兩老，聽到好消息也難掩興奮之情。

「哎呀呀，眞沒想到我們家這個小兔崽子會當上作家啊！人吶，只要活久一點，偶爾還是會遇上這種好事的啦！」父親喝沒兩口就醉了，講起話來不清不楚，臉色也由於興奮而脹得通紅。

「你老是說，你最擔心的就是圭介了，這下你可以放一百個心了。大作家耶！眞是太有出息了！」叔父也一臉喜悅地說道。

熱海拿出剛上市的《小說灸英》，翻開公布新人獎的頁面，讓席上的親戚輪流瀏覽。

「好厲害哦！他們找了這麼有名的作家當評審，然後評審選上了圭介，這不就代表圭介是萬中選一的佼佼者嗎！」叔父感歎道。

「圭介啊，這篇作品會印成書嗎？」伯母問道：「像是單行本啊、文庫本啊，不是有很多種嗎？」

「嗯嗯。」熱海對伯母點點頭，「因爲這篇是短篇小說，可能沒辦法出成一本書，不過我的第二篇作品已經寫好了，兩篇加起來應該就能出書了吧。」

「哇！是喔！」

「你說的那第二篇作品，也會刊在這本雜誌上嗎？」父親問道。

「會啊，不過因爲故事有點長，可能會採取連載的方式刊載，編輯部那邊說要討論看看。」

「那間出版社這麼快就刊登你的新作品，一定是很中意你的小說吧？」

「大概吧。其實還滿多新作家在推出出道作之後便銷聲匿跡了。」

「你這小子，從以前就很會想些有的沒的的故事嘛！」父親笑得像尊彌勒佛。

「像這種得了獎的小說啊，印成書出版應該都會大賣吧？」堂哥略微壓低聲音問道：「銷量大概是多少呢？」

「嗯，很難講呢。」熱海露出不甚關心銷量的神情，一口喝乾小酒杯裡的酒。「詳情我不是很清楚，不過就推理小說的井戶川團步獎得獎作來看，聽說大概都能賣到十萬本吧。」

「十萬本！聽說作者取得的版稅大概是定價的百分之十，這麼說來，假設定價是兩千圓的話，版稅就是……我算算……」盤著胳膊思考的堂哥突然睜大了眼睛和嘴巴，「兩千萬圓吶！你能收到兩千萬圓耶！」

嘩——！席間一陣譁然。

「喂，圭介！你這不是一夕成了大富豪嗎！」叔父大喊，「太好了！哥哥，你可以享享清福了啦！」

「哎呀，要是眞能大賣就太好了。」父親說著瞇細了眼。

身旁的母親則是始終按著眼頭，忍不住喜極而泣。

「哎，眞是太好了，終於等到這一天，也不虧你們含辛茹苦把這孩子帶大了！」

不知是否受到母親的感染，伯母嬸嬸等一干女眷也紛紛拿出手帕拭淚。

「老媽，妳可以放心享福了。」熱海對母親說：「今後就由我照顧你們，儘管放心吧。」

聽到他這段話，在場的人更是淚如雨下。

宴席過了十點才好不容易結束，叔父喝得酩酊大醉，由熱海負責送他回家。叔父家離熱海老家大概兩百公尺，雖然叔父的女兒也在一旁，一個弱女子畢竟是攙扶不了醉得像攤爛泥的叔父。

「圭介哥，不好意思麻煩你了。」三人走著走著，里美開口向他道謝。

「沒事的，是里美妳比較辛苦吧。」攙著叔父的熱海回道。

「嗯，我已經習慣了。」

里美小熱海五歲，母親早逝，剩下她與父親兩人相依爲命，而且她遲遲沒結婚，似乎是因爲擔心父親的關係。

「圭介哥，你眞的好厲害，當上作家了呢！」

「嗯，夢想好不容易實現了。」

「現在已經是大明星的身分了呢，圭介哥一定會愈來愈了不起、愈來愈出名，之後還會上電視吧？到那時，你就是個遙不可及的名人了……」

「不會的！」熱海語氣強硬地說道：「我就是我！即使成了作家，無論變得多有名，我絕對不會忘了大家的！」

「是嗎？可是我總覺得好不安，圭介哥好像會離我們愈來愈遠……」

「我不會變的。相信我。」

「眞的嗎？」

「眞的。」

熱海停下腳步，里美也停了下來，兩人凝視著彼此。

就在這時，叔父睜開眼喊道：「啊？搞什麼？這裡是哪裡？沒酒了嗎？」

「爸——！」

「叔父，今晚已經散會了哦。」熱海攙著叔父，再度邁出步子。里美望著他，嫣然一笑。

6

「熱海，過來一下。」課長從剛剛就一直板著臉不曉得在看什麼文件，似乎好不容易才下定決心開口。

熱海正在自己的辦公桌前構思著小說，聽到課長找他，懶洋洋地應了一聲：「好的。」

接著來到課長面前，「請問有什麼事？」

「你啊，這陣子業績很難看哦。不要待在辦公室裡發呆，多去客戶那邊走動走動啊！」

「我有一份報告得在今天之內完成。」

「報告？我怎麼不覺得你那樣子像是在趕報告？」

「我正在思考大綱。」

「只是思考的話，一邊拜訪客戶也可以一邊思考啊，麻煩你做事有效率一點好嗎？迅速有效率！你在發呆的這段時間，公司可是照付薪水給你的啊！……怎麼？那是什麼眼神？不服氣嗎？」課長金邊眼鏡後面的雙眼直瞪著熱海。

「沒有。」熱海搖了搖頭，心想，我在這種地方和這種男的講再多也沒用。

「沒事的話就快點出門去！有時間聽我講這些，你要是在外頭，早就跑完一家客戶了！」課長像在趕蒼蠅似地揮了揮手。

熱海一邊感受著同事看熱鬧的視線，一邊走出了營業所，坐上平日那輛公務用的小貨車，發動引擎，粗暴地衝了出去。

爲什麼老子要受這種氣？——他心想，爲什麼我得任由那種男的指使？爲什麼我要被罵得狗血淋頭？老子耶！贏得新人獎進入文壇成爲專業作家的老子耶！

對。他一定是在嫉妒我。至今從沒放在眼中的下屬，一夕之間躍升至自己做夢也想不到的尊貴地位，他一定是焦慮得不得了，腦子混亂得不得了，整個人慌張得不得了。沒錯，一定是因爲這樣。沒出息的根本是那個男的，不是我。

路上塞車比平日嚴重，熱海不禁咂了個嘴。無意間望向路旁，那兒有間小書店，一名年輕女子正站在文學小說的書架前。

他想像著自己的書成排擺在書架上的模樣，人手一本他的書，太美好了！他開心得不禁顫抖。這樣的畫面，他不知夢想過多少次，但現在，這不再是夢了，美景就在伸手可觸及的前方。

書一旦上市，兩千萬圓、三千萬圓就會滾進口袋……

他想起自己現在的死薪水，被蠢上司罵到臭頭、向客戶低頭哈腰，卻只能領到那麼點錢，那還不如專心走創作一途要划算多了。

這陣子，這件事不斷在他腦中盤旋。另一條路的魅力太過炫目，他怎麼都無法捨棄這個念頭。

熱海抵達客戶公司，一走進辦公室，社長便脹紅著臉站了起來。

「喂！都怪你啦！行不行啊？你們那臺機器又壞了，到底是怎麼回事！」

「咦？呃，又壞了嗎……」

「什麼叫『又壞了嗎』！是你跟我說這是最新型的機器我才買的耶，偏偏挑趕著出貨的時候給我壞掉，是教我怎麼工作啊！我剛剛打去問你們公司了，聽說別家買了這臺機器的客戶也在抱怨，所以你是賣瑕疵品給我嘍？」社長火力全開，罵得口沫橫飛。
那是要怪我嗎——？熱海忍住這句話，鞠躬道：「呃，眞的很抱歉。」
「是你推薦我買的，你要給我負責解決，今天之內搞定，聽到沒！」
「是。」熱海打電話回公司，沒想到維修部門的同事全部外出，今天之內是不可能處理到這邊的案子了。
熱海向社長說明狀況，社長更是怒氣沖天。
「你的意思是我們公司不重要，所以晚一點再處理嗎？少瞧不起人了！要不是你這個蠢蛋辦事不力，事情怎麼會弄成今天這樣！反正你要給我負責到底！」
「您剛剛說蠢蛋……」
「對，辦事不力的不是蠢蛋是什麼？自從換成你當業務窗口之後就沒好事。我問過了，聽說你是你們公司業績最差的業務啊？就是蠢蛋才做不出業績啦！」
「……我再打電話和維修部門確認一次。」
「對啊，快點打吧！沒處理完我是不會讓你回去的！」
熱海一邊撥電話回公司，腦中反芻著客戶剛才那番話。蠢蛋？你說老子嗎？小說灸英新人獎得獎作家的老子嗎？
電話轉接至維修部門，熱海嘗試再次交涉，結論還是一樣，而且接電話的同事可能因爲忙不過來，回電話的語氣不是很客氣。

「安撫客戶是你們幹業務的工作吧？你自己要想辦法先交代一下啊，什麼都聽客戶的，木偶就辦得到了吧。」

木偶？——熱海正要反駁，對方便掛電話了。

「喂，怎樣？」身後的社長開口了：「會有人來處理吧？」

「呃，那個……」

「沒人來嗎？」

「是……」

「混帳！」社長用力一踹身旁的辦公桌，桌上的菸灰缸應聲落下，好死不死砸在熱海的腳上，他疼到眼淚都快掉下來。

即使如此，社長的辱罵依舊持續朝他轟炸。廢物，沒用的東西，半吊子。

熱海的心中開了一個小洞，而這個洞迅速地擴張，接著有一股熱流灌了進去。

「說穿了，一開始就不應該讓你這種人出來跑業務！……不，根本不該僱用你！你這個……你這個……喂！你要去哪裡？」

熱海將社長的怒罵當作耳邊風，兀自走出了辦公室，再度坐上公務用小貨車。

幾分鐘後，手機響了，是課長打來的。

「喂！你現在在哪裡？居然丟下客戶轉頭就走！」課長的語氣裡滿是怒意。

「我在車裡。」熱海答道。

「車裡？喂！你到底想幹什麼？」

「沒幹什麼。」

「啥……？」聽到這出乎意料的回答，課長不禁啞口無言。

「對了課長，我想和您談一下。」熱海淡淡地說道：「是很重要的事。」

7

連同小堺在內，《小說灸英》的編輯們正傷透了腦筋。下個月的雜誌眼看就要開天窗，因爲某位知名作家在截稿日前逃走了，稿源嚴重不足。

「這下麻煩了，要是缺個二、三十張稿紙還有辦法搶救，這次一缺可是將近一百張稿紙的字數啊。」青田沉吟著。「喂，小堺，你手邊有沒有其他原稿？不是有些投稿還是新人的東西嗎？」

「喔，有是有啦……」小堺探看辦公桌下方的紙箱。

「咦？這份怎麼樣？看起來頗厚，應該有一百張以上吧，分兩、三期連載掉好了。〈一匹狼的旅程〉？好糟的篇名。誰寫的？」

「熱海先生。熱海圭介先生。」

「熱海？哪位？」

小堺步補充說就是新人獎的得獎人，青田聞言點了點頭，「喔，那個不起眼的男的。已經生出第二篇作品啦？你看了覺得如何？」

「完全不行。」小堺乾脆地回道：「故事內容平凡無奇，登場人物也毫無個性，文字還是一樣老派。坦白講，完全是外行人寫的小說。」

「唔，果然沒辦法啊，我一開始就覺得那個男的不行，他壓根沒有作家的sense。」青田說著將原稿還給小堺。

小堺一接過來，便順手扔進一旁的垃圾桶。「聽說出版部那邊好像也不打算將他的得獎作品出成書呢。」

就在這時，電話鈴聲響起。離電話最近的青田拿起話筒，「《小說灸英》。您好。」對方報上姓名，青田一臉詫異。「熱海先生？呃……，請問是哪位熱海先生呢？」

小堺指著垃圾桶，青田頓時張大口點了點頭。

「啊啊，是是是，熱海先生是吧，您好您好，上次的獎項承蒙您不吝投稿。我是總編輯青田。您最近還好嗎？得獎之後……」青田說到這仍面帶微笑，但那張笑臉卻倏地凍結，只見他大聲說道：「咦？您說什麼!?」

所有編輯的視線都集中到青田身上。

「這不太好吧？熱海先生，您要不要再考慮一下……什麼？已經丟出去了？辭呈？怎麼這麼突……，不不，您這麼說我們也……」

青田的臉色眼看著愈來愈鐵青。

編輯們大概曉得發生了什麼事，紛紛輕手輕腳地溜了開來。

過去的人

1

熱海圭介打開封緘的信一看，開心地握緊了拳。寄來的是一張邀請函，請他出席「灸英社文學三獎」的頒獎典禮。

「喔喔，終於！」他不禁輕呼出聲。

熱海在電腦桌前盤腿而坐，仔仔細細地再次讀著邀請函上頭印刷的文字。錯不了，這是如假包換的邀請函，還附了典禮會場飯店的地圖。那是家高級飯店，而且出席者不必繳納會費，換句話說，典禮結束後能夠免費嚐到高級料理。

「灸英社文學三獎」乃是灸英社主辦的三項文學獎的總稱，包括肯定目前文壇之優秀作品的「虎馬文學獎」、開放一般大眾投稿的「灸英新人獎」，以及頒予對於文學界有莫大影響力之作家的「灸英終生成就獎」。

當中的「灸英新人獎」是今年才成立的獎項，前身為「小說灸英新人獎」，因為主要是由《小說灸英》編輯部統籌徵稿與甄選，儼然成了立志當上娛樂小說作家的素人寫手進入文壇的途徑之一。

熱海圭介是去年「小說灸英新人獎」的得獎人，得獎作品為冷硬派小說〈擊鐵之詩〉。他得獎後便辭去工作，目前以專職作家的身分寫作，只不過這一年來，他只出版了〈擊鐵之詩〉一本單行本，即使他陸續幫一些月刊寫寫短篇小說賺生活費，日子卻過得一點也不寬裕。他很希望能盡快出版第二本書，早早便將長篇小說的原稿交給灸英社的負責編輯，然而至今依舊沒有消息。

到底要不要幫我出版呢？——就在他持續焦慮不已的某一天，這張邀請函送到了他手上。

說眞的，熱海很訝異，沒想到自己也有收到這類邀請函的一天。

他早已耳聞有所謂的文壇宴這檔事。不止這次的「灸英社文學三獎」，許多文學獎項都有頒獎典禮兼會後宴，但他從未受邀參與任何一場文壇宴，因爲他得到的「小說灸英新人獎」並沒有正式舉辦頒獎典禮，只有在得獎名單公布後，由灸英社招待評審委員與得獎人一起聚個餐吃中華料理。

此外，由作家組成的協會等藝文團體也不時會召開聯誼聚會，但熱海沒有加入任何藝文團體，因爲他不曉得該怎麼入會，也沒人邀他加入。

他一直期待著能夠參與文壇宴，腦中想像過無數次，那不知是多麼華美耀眼的世界啊！而今，他終於收到邀請函了，終於能夠出席他嚮往不已的文壇宴了。熱海甚至覺得，自己終於得到世間的認同，是個叫得出名號的作家了。

他再度端詳邀請函。「灸英社文學三獎頒獎典禮」——念起來多麼有分量啊！可能得準備一套全新的西裝比較好，喔，還得去一趟理髮院。

不過話說回來……。熱海盯著這次的得獎作品心想，這傢伙還眞走運，和我只差一年，人家就辦了這麼盛大的頒獎宴會。

他的妒意全衝著這次「灸英新人獎」的得獎人而發。不過相隔一年，宴席會場便從中華料理餐廳換成了高級大飯店，兩者的待遇也差太多了。

得獎人名叫唐傘散華。不知道是什麼怪筆名，看不出是男的還女的，而且得獎作品名稱叫做〈虛無僧（*1）偵探佐飛〉，完全想像不出來是什麼樣的內容。

熱海決定在出席宴會之前先讀過這篇作品，橫豎是外行人寫的東西，肯定有許多不成熟之處。屆時在會場遇到這個人，不如趁機指導一下吧。

2

《小說灸英》編輯部的小堺肇焦急不已，再過三十分鐘，頒獎典禮就要開始了，但新人獎的得獎人到現在還不見蹤影。

他在飯店大廳焦急地等待著，突然有人喊了他：「小堺先生！」聲音是從沙發沙龍區傳來的。

他轉頭一看，那名男子身穿粉紅襯衫搭淺藍西裝，繫了條紅領帶，正笑咪咪地朝他揮手。

是誰啊？小堺努力回想。他見過這個人，卻想不起來是在哪裡認識的哪位。說不定是重要的人物，要是記不起人家姓名可不妙了。小堺立刻堆起笑臉朝對方走去。

「您好！呃……，好久沒問候您了！」總之先打招呼就對了，接著小堺從胸口口袋拿出名片，他打的算盤是，按照禮數，對方也得拿出自己的名片來交換才是。

對方看了他的名片，笑了笑說：「哎呀，小堺先生，你沒換部門嘛，那你的名片我已經有嘍。」

要命。所以是之前交換過名片的人了？

這時對方也從西裝口袋拿出名片夾。「我也做了名片哦，值得紀念的第一張，就發給小堺先生吧。」

「啊，非常感謝您。」

小堺的戰略成功，內心暗喜著接下名片，看到上頭印著「作家　熱海圭介」，這才想了起來。眼前這位是新人作家，公司只發表過他的兩篇短篇，全是平庸無趣的小說。

小堺不禁暗自咂了個嘴。「您今天怎麼有空過來？是和朋友約在這裡嗎？」

*1 虛無僧，日本禪宗支派普化宗的僧侶，不著僧衣，不剃髮，半僧半俗，深戴斗笠，吟吹尺八，肩披袈裟，行乞諸方。

熱海有些訝異，皺起眉說：「我收到你們典禮的邀請函啊。」

「喔，是這樣啊。」

小堺心想，邀請函怎麼連這種小角色都發啊？這樣典禮的預算不破表才怪。

「我好像來得太早了，所以在那邊喝咖啡等開場，你也過來一起聊一下吧？」熱海說。

小堺連忙擺出一臉相當遺憾的神情說道：「很可惜沒辦法了，我在會場這邊還有一些會前準備工作。」

「是喔。」

「眞是抱歉。那我們就晚點見嘍。」小堺說完匆忙離開熱海的視線範圍。

好險吶。小堺心想，現在哪有空悠閒地喝咖啡，而且就算有空，他也不想陪熱海喝，一是不打算幫熱海付咖啡錢，二是他手邊根本沒計畫要請熱海寫任何文章。

他拿起剛才拿到的名片端詳，這還是他第一次見到有人大剌剌地在職稱的位置印上「作家」二字。他隨手將名片翻到背面，沒想到這一看，嚇了他好大一跳，因爲背面印著如下的文字：

第七屆「小說灸英新人獎」（即今日「灸英新人獎」（「灸英社文學三獎」之一））得主

得獎作品〈擊鐵之詩〉（灸英社出版）

啊啊，原來如此。——小堺終於明白爲什麼邀請函會寄給熱海了。在看到這兩行字之前，小堺壓根忘了熱海乃是前一年的得獎人。

3

頒獎典禮比預定時間遲了十分鐘開幕。首先頒發的是「虎馬文學獎」，然後是評審委員講評與得獎者發表感言。接下來頒發了「灸英新人獎」，上臺講評的男評審是某暢銷作家，作品以本格推理爲主。

「嗯，這次的得獎作〈虛無僧偵探佐飛〉其實是一篇爭議性非常高的作品，我們評審委員讀完後都相當震驚，然而全體評審幾乎毫無異議，打從初選便全員通過讓這篇作品得獎。我們都很高興能夠見到如此有才華的新血加入文壇，至於這個『問題作』本身，由於一旦透露任何一點內容便會破梗，在此不便敘述，就請各位透過自己的眼睛閱讀，盡情享受故事中獨特的世界吧。」

接下來是得獎者發表感言時間。唐傘散華上臺了，一身灰色西裝，是個臉色蒼白的瘦削青年。熱海本來還暗自想像，取了這麼個怪筆名的傢伙，想必是個怪人吧，沒想到本尊如此平凡，熱海不禁有些掃興。

唐傘散華的得獎感言也極爲普通：「這次非常感謝各位評審的厚愛，能得到這個獎，個人相當惶恐……」不過是些中規中矩感謝辭的羅列罷了。

熱海在入口處拿了杯兌水酒，心想：沒什麼了不起嘛，如果是個性鮮明的新人，搞不好就得提防對方日後的發展，害我還擔心了好一陣子，看來那個平庸的傢伙根本寫不出什麼了不起的東西來。

看他的得獎作品就曉得了，眞是糟糕透了。——熱海讀了刊載在《小說灸英》上的全文，完全看不出這作品好在哪裡，或者該說，整篇故事根本不曉得在寫些什麼，要說是推理又不大像，結局更是整個莫名所以。

因此他一直很狐疑這篇作品爲什麼會得獎，而方才聽了評審的講評，他才赫然察覺一件事，簡言之就是，這篇作品正是以其內容不按牌理出牌的特點贏得了評審的心，至於故事內容、主題或是文筆之類的，在這次的評審眼中都是次要的評分點。

熱海心中有了結論——這傢伙肯定混不出個名堂。讀者一開始會覺得新鮮而捧場，但單憑不按牌理出牌的搞怪文風並無法持久，這個人遲早會從文壇消失吧。熱海想到這，頓時鬆了口氣，眞的幸好這次的得獎者擅長書寫的並不是厚重、緻密、格局磅礡的冷硬派小說。

頒獎典禮結束後，便是歐式自助餐宴，成排的料理旁很快地圍了一圈圈的賓客，也有些人忙著在場中穿梭尋找熟面孔，至於知名作家則是早已被編輯包圍。

熱海張望四下，除了焱英社的人員，應該還有許多出版相關人士在場。雖然他沒認識多少業界的人，但很可能對方是知道他的，畢竟月刊的目次頁上頭都數度刊出他的照片了。

他透過上衣撫摸著內袋裡的名片，感受著那觸感。名片是為了今天特別訂製的，他相信，只要遞出這份名片，收到的人馬上就能明白為什麼他會被邀請來此處了，然後肯定會對他投以羨慕與尊敬的眼神吧，說不定對方會要他的簽名，也說不定有人會要求和他合照留念，甚至說不定會有出版相關人士藉此機會當面委託他寫小說。

他相信自己絕對是會場中非常醒目的一位，因為他正是以引人注目為目標而挑了今天這套服裝的。既然是文壇宴，聚集的想必都是個性鮮明的作家，要脫穎而出，服裝是絕對不能輸人的。他在走進會場之前其實還戴了墨鏡，因為他盤算過，那樣會讓他看上去更像個冷硬派作家。

熱海圭介在這兒哦！——他一心想對身邊的每個人宣告：去年的得獎人在這裡哦！是個比今年的得獎人還要有個性、而且已經出版一本單行本的專業作家哦！大家發現了嗎？我是熱海圭介哦！就是〈擊鐵之詩〉的作者哦！

他東張西望著，視線突然定在某處。他視線的彼端是小塀……不，正確來說，是小塀身旁的青年，也就是今年的得獎人唐傘散華。

熱海朝著他們大踏步走去。

4

呃啊，麻煩的傢伙來了。——小堺暗呼不妙，因爲他發現熱海圭介正迎面走來，而以他的立場又不能不理不睬，畢竟熱海是前一年的得獎人。

唐傘散華有些茫然地站在小堺身旁，雖然身爲這場盛大宴會的主角，這位年輕人絲毫沒有霸氣，很難想像這個人居然寫得出那樣的傑作。

餐宴一開始，小堺就跟著總編輯青田拖著唐傘四處介紹給熟識的作家，這三人才剛和某位暢銷作家打完招呼，稍微歇口氣看看接下來該去找那位大前輩，沒想到卻被熱海盯上。

熱海一臉笑盈盈地走了過來。

「哎呀呀，又遇到你啦。」熱海先向小堺打了招呼。

「您好。」小堺行了一禮之後，湊上一臉狐疑的青田耳邊說道：「是去年的得獎人熱海先生。」

「喔喔，您好您好。」總編連忙堆起笑，「感謝您百忙之中抽空前來，呃……喔，我向熱海老師您介紹一下，這位是這次的得獎人唐傘先生。唐傘散華先生。」接著總編對著唐傘說：「唔，這位是去年『小說灸英新人獎』的得獎人熱海……」

「熱海圭介先生。」小堺連忙幫忙接口。

「您好。」唐傘仍是面無表情地微微點頭致意。

「你的得獎作品我看過了哦。」熱海說：「寫得很不錯嘛。」

「謝謝您。」

「沒想到有人寫得出那樣的世界呢，這就是所謂不按牌理出牌的小說吧？相當令人意外的世界觀啊。」

「呃，嗯……」

「唉，不過你的文筆啊，將來應該會愈寫愈進步吧，慢慢來沒關係，這部分先不必擔心，比較要注意的是，你筆下的那種世界觀是不是能夠一直寫到天荒地老。畢竟寫推理小說啊，要求的是統整性，或可說是合理性。喔，還有，角色的描寫部分也非常重要。」

唐傘只是沉默地望向小堺，似乎無法理解熱海在說什麼。

這也難怪了。小堺心想，這次的得獎作品的架構非常特殊，乍看只會覺得內容莫名其妙，要一直讀到最後的最後，整個故事的合理性才頓時完美地展現出來，其理論的完整度，輔以收放自如的優秀文筆，正是這篇作品獲獎的主要原因。所以站在唐傘的立場，聽到這位前輩作家這一席話，肯定是一頭霧水吧。

然而熱海卻沒發現唐傘的神情有異，自顧自繼續發表一堆離譜的高論。小堺於是插嘴了：「哎呀，能得到前輩作家的建議眞是太感謝了。嗯，熱海先生，不好意思喔，唐傘先生還是新人，日後還要請您多多指導了。」

「嗯，我如果發現什麼需要改進之處再告訴你。」

「那真是太好了，非常感謝您。」說完小堺便推了推唐傘的背，三人連忙離開熱海身邊。

「唉，眞是夠了。」總編青田苦笑著說道：「沒想到那個人會說出那些莫名其妙的話。你說他叫熱海圭介啊？得獎作品是哪一篇去了……」

「擊鐵的……，呃……」小堺翻過先前拿到的名片看了一眼，「〈擊鐵之詩〉。」

「對喔，那個作品名字我還有點印象，內容是什麼？」

「呃……，內容嘛……，我只記得好像是冷硬派之類的。」

「算了，無所謂啦，反正他已經是過去的人了。」

5

剛過八點，宴會已經宣布散會了，賓客陸續離開會場。有些作家帶著編輯們前往六本木或銀座喝酒，也有許多人準備前往得獎人續攤的地點。

熱海圭介站在出口一帶，盼著是否有人會過來打招呼，也等著他認識的那少數幾人會不會剛好經過。

然而沒有任何人搭理他，大家只當他是隱形人似地，看都不看一眼便從他面前走過。

怎麼搞的？——熱海不禁心焦了起來。的確，在自己那一屆並沒有舉辦如此盛大的頒獎典禮，但我好歹也是得獎人啊！我也寫過得獎感言吶！不都刊在《小說汆英》上面了嗎？當時還連同照片一起登出來了呀！

單行本也出版了，短篇作品也發表了，究竟是爲什麼？爲什麼大家都沒有發現我在這裡呢？

今晚的宴會會場上一直有一位攝影師爲各位作家拍照，似乎是汆英社僱來的，攝影焦點尤其集中在今年的得獎人身上。熱海爲了讓攝影師注意到自己，刻意在他面前晃來晃去好幾次，然而攝影師從頭到尾只當他是空氣。

熱海試著解讀。難道說，自己在文壇依舊被當成新人對待？即使是去年的得獎人，出道第二年的新人在他們眼中依然算不上是作家？還需要更多歲月經驗的累積？

熱海終於死了心，正要走出會場，發現了一道熟悉的身影，那是汆英社出版部的神田總編輯，熱海的〈擊鐵之詩〉就是由他們部門出版的。

「神田先生！」熱海喊了他。

原本低頭走路的神田頓時抬起臉來，看到熱海，先是露出一臉茫然，沒多久便張著口應道：「啊啊，是熱海先生，您也來了呀。」

「嗯，我當然要來啊，再怎麼說，我可是去年的得獎人呢。」

「去年的？呃，不好意思，請問您得的獎項是……？」

「這還用說嗎？當然是『小說灸英新人獎』啊！」

「喔，是是。」說著神田拿出筆記本翻開查閱，上頭密密麻麻地不知寫了什麼，「啊，沒錯沒錯，得獎作品是〈擊鐵之詩〉嘛。咦？這是我們家辦的新人獎嗎？」

「那筆記是做什麼用的？」

「這個啊，是各個新人獎的得獎作品一覽表，要是不這樣做成表格記下來，很快就忘光光了。」神田將打開的頁面亮到熱海眼前。

看到那一頁，熱海只覺得一陣頭暈目眩。上頭寫得滿滿的資料，全是新人文學獎的得獎作品名稱。

「好厲害啊，你把從以前到現在的得獎紀錄全整理起來了嗎？」熱海問。

神田搖了搖頭，「當然不可能啊，這只是去年一年份的。」

「什麼？一年份？不會吧……」

「真的啊，這些還不是全部呢，去年一年在全國舉辦的大大小小文學獎，算一算就有將近四百個。」

「四百……」

「也就是說，每年會有將近四百名新人獎得獎人誕生，您說我怎麼記得住嘛？所以我就像這樣把資料謄在筆記本上了。」神田微微一笑，闔上了筆記本。「哎呀，熱海先生，您怎麼了？臉色不大好哦。」

6

「不好意思，讓您久等了。」

青田看到小堺，毫不掩飾臉上的厭煩神情。「你在幹什麼啊！其他人都已經出發去唐傘先生續攤那邊了，要是讓那些評審委員老師等太久，你就有得受了！」

「眞是抱歉，我被寒川老師抓住了啦。」

「寒川先生？那個人也來了？」

「我也一直沒發現他在場，是要離開的時候，突然被他叫住，問我續攤的地點在哪裡。」

青田撇起嘴，「你告訴他了嗎？」

「我能不講嗎？」

「唔……」總編青田沉吟了起來。「我覺得他很可能打算續攤結束之後，繼續跟著我們，然後找機會叫我們帶他去銀座。眞傷腦筋，那個人還活在自己風光的時代裡啊。」

「寒川老師已經是連續五年入圍那個文學大獎了吧。」

「那應該是他的顛峰期了，要是當時得了獎，日後的作家生涯肯定完全不同，但終究是沒得獎，那個人的好運可能在那段期間就用光了吧。」

「您的意思是，即使是曾經活躍於第一線的人，到現在也只是個『過去的人』嗎？」

「嗯，現在每間出版社都在躲那個人，就連出版部最有誠意的神田最近也是對他避之惟恐不及。」

「那麼我們也絕對不能抽到下下籤嘍？」

「那當然吶。我們等到寒川先生去上廁所的時候再通知大家下一個續攤的地點，然後火速離去。知道了嗎。」

「是。明白了。」

「還有一件事，西陣老師和羽生先生這兩人，也不必太熱絡招呼。」

「咦？這兩位也不行了嗎？」

「我是聽業務那邊說的，這兩人目前看起來還有點名氣，但根據電腦分析銷售數據，他們頂多只能再撐兩年吧，而且這兩人接下來計畫出版的書都不是在我們家出，所以我們要是現在花時間金錢照顧他們，很可能會血本無歸。」

「您是說，再過兩年，那兩位也會成爲『過去的人』了？」小堺盤起胳膊，深深感受到這個業界的嚴苛。「咦？對了，唐傘先生人呢？」

「去廁所了。喔，小堺，還有一件事。」青田張望一圈，確定四下無人之後，從上衣胸前口袋拿出手機說：「藤原奈奈子傳簡訊來了！她說原稿寫好了，希望馬上讓我看看呢。」

「咦？那個美女小奈奈嗎？」小堺不由得提高了嗓門。

藤原奈奈子是去年新人獎進入決選的入圍者，年輕又貌美，小說內容也還過得去，正是灸英社希望力捧的人才，所以這一年來，社方爲她做了許多宣傳，只可惜新作品趕不上今年新人獎的投稿。不過她現在終於完成了初稿，這表示明年就有機會推她上得獎寶座了。

「好期待呢！她一定能夠成功地被塑造成文壇偶像的。」

「嗯，明年的評審委員也全是男性，只要先讓他們看過小奈奈的照片，分數肯定會狂飆好幾分。喂，小堺，接下來會很忙哦，總之你先看過小奈奈的原稿，好好地指點她一下，想也知道她一定又寫出那種甜膩到讀不下去的東西。」

「交給我吧。接下來這一年，我打算全力推唐傘先生的新作；但我一定會想辦法騰出時間來，照顧藤原小奈奈那邊的。」

小堺講得振振有詞，青田卻似乎有意見，只見他沉吟了半晌，開口了：

「唐傘先生的新作品你大致顧一下就好，不必花全部的力氣在他身上，重點是小奈奈，明年專心力捧藤原奈奈子就對了。」

「咦？可是，〈虛無僧偵探佐飛〉是篇傑作耶？」

「不用你講我也知道，可是呢，你覺得像那樣的傑作會一篇接一篇生出來嗎？第二篇作品無論再怎麼寫，總是比第一作遜色，那些書評也不會客氣的，然後作家本人便陷入苦惱，一陷入苦惱就寫不出東西來。就是這麼回事，我看過太多例子了。」

「會這樣嗎？」

「會這樣啊。所以只能趁現在熱頭上，讓〈虛無僧偵探佐飛〉狂賣熱賣賣到翻，後續什麼都不必想，你就當唐傘散華這輩子只會推出這一百零一本作品，知道嗎？」

「只推出一本……。可是，頒獎儀式不是才剛結束嗎？」

「你是傻瓜啊。」青田板起面孔，「頒獎儀式一結束，得獎人就是過去的人了。」

決選會議

1

寒川才剛喝了口咖啡，聽到神田的話，差點沒整口噴出來，連忙硬吞下去，以手背拭了拭嘴邊，再度看向神田，「咦？你剛剛說什麼？」

「就是啊，」灸英社總編輯神田笑咪咪地回道：「我希望老師您能答應接下評審委員一職。」

「喔？我嗎？」寒川拚命忍著不讓笑意顯露在臉上，「你說的評審委員，是哪一個獎項的？」

「就是敝社新設立的新人獎，叫做『灸英社推理小說新人獎』。」

「要我當那個獎的評審？」

「是的。」

「喔？我嗎？哎呀呀，嚇了我一大跳。你說有事要和我商量，我還在想不知道怎麼了，做夢也想不到你是要提這種事兒。」

寒川再也忍不住了，滿面笑容迎著神田的視線。

「老師，您願意接下來嗎？」神田雙手按上桌面，瞅著寒川看。

「哎喲——」寒川順了順髮量稀少的頭髮，「可是我又沒當過評審委員。」

「老師，凡事都有第一次啊。」

「話是這麼說啦……」寒川拿起咖啡匙無意義地攪拌著咖啡。

他表面顯露猶豫的態度，內心卻早已點了一百次頭。他是怕要是雀躍地一口答應，對方看在眼裡會覺得這個人是不是想當評審想瘋了；不過實際上他心中的喜悅早就全寫在臉上，這麼做不過是端端架子罷了。

再者，寒川還有一個疑問。

「作家那麼多，爲什麼會找上我？」

神田頓時湊身上前說道：「老師，您這麼說是沒錯，作家多得是，但是，要擁有看得出推理小說優劣的眼光，就不是每個作家都辦得到了。嗯，這話要小聲點講，在我的感覺呢，了不起，這麼多人吧。」神田張開雙掌，似乎是意味著頂多十人，「而且啊，這幾位老師幾乎手邊都有數個獎項的評審工作，所以該說是了無新意呢？還是造成現在各個獎項都看不出特色呢？……總之，我們灸英社的同仁都很希望這次新設立的獎項能夠請到尚未沾染習氣的作家擔任評審委員，而方才我提到那些擁有絕佳眼光的老師當中，還不曾擔任過評審的，我第一個想到的就是寒川老師您啊。」

聽著神田這席話，寒川整個人開心得嘴都要闔不攏了。這個這個！就是這個！我就是想聽你講這個啊！

「唔，或許眞如你所說吧，不過我一方面手邊有很多稿子在趕，之前有人請我當評審委員，我也都一律婉拒了啊。」

這是扯謊。根本不必等他婉拒，從來沒人找他當評審。

「嗯……，眞的沒辦法嗎？」神田探看著寒川的表情，「當然我們是不會勉強老師的啦。」

寒川有些狼狽，因爲神田的表情正寫著「要是這個人再不點頭就算了吧」。要是因爲架子擺太高而使得對方選擇放棄，可就得不償失了。

「不不，我絕對不是討厭當評審委員，只是我可能沒辦法現在馬上做出決定。」

「這麼說，老師您願意考慮看看嘍？」

「嗯，我回去想想，這兩天給你回覆好嗎？」

「我明白了，不好意思，是我太心急了。如果能夠得到老師的一臂之力，這次的新人獎一定能夠辦得有聲有色！那就千萬拜託老師了。」神田說著深深地鞠了個躬。

離開咖啡廳，寒川一彎過街角，立刻做了個勝利手勢。要不是路上還有行人，他其實很想放聲大吼。

我辦到了！終於有人找我當評審委員了！由我評選入圍作品！由我評選！由我決定新人獎得主！我將讀完入圍作品之後做出決定！我將出席決選會議，和其他評審委員一起選出得獎者！選出得獎者之後還要寫評語！我從今天起就是文學獎的評審委員了——！

寒川邊走邊拿出手機，立刻撥了電話給作家友人。

「喂，是我啦，寒川。哎呀，是這樣的，有個麻煩的工作找上我啦。……就是啊，有人請我當新人獎的評審委員。……對，灸英社的獎項。而且啊，實在很難拒絕，你也知道神田君一直很幫忙，我更不好拒絕他了，不過我又有點擔心答應下來自己卻忙不過來呢。……嗯，就是說啊，我根本沒想到他會來邀我當評審，所以這麼說來，我也被歸到大前輩作家的那個階層了嗎？」

寒川樂得不得了，講了好長的電話。當天夜裡，他便撥了電話給神田。想也知道，他承諾接下評審委員的工作了。

2

半年後，新人獎最終入圍的四篇作品送到了寒川手上，全都是以稿紙計算大約五十張至一百張的短篇作品。

終於來了啊。寒川俯視著四本裝訂成冊的入圍作品，盤起了胳膊。他早就迫不及待要翻開來讀了，這一刻，他不曉得等了多久。

寒川心五郎步入文壇三十餘年，當初以小說雜誌的新人獎佳作出道，之後著作不輟，雖然遺憾的是並沒有暢銷作，而且出版的作品大多僅止於初版便沒有再刷。他也曾入圍文學獎項，卻始終不曾獲獎，機會一次次逃離他的手掌心。這樣的寒川心五郎仍然能夠以作家一職為生，原因無他，因為他一直踏實地持續寫作，只要有人邀稿，無論稿期再趕，他都答應接下來。他知道小說雜誌的編輯們都認為他是個「方便的作家」，他也很清楚，這是自己唯一能夠在文壇生存的賣點。

但是這並不表示他想掙得一席之地的夢想不再。他想成為暢銷作家的強烈欲望，從以前到現在都不曾改變；他想變得有名。最重要的是，他想取得大眾的認同。他一直夢想著當上一流的作家，成為文壇中舉足輕重的存在。

寒川心想，擔任文學獎的評審委員，不正證明了自己的作家實力獲得肯定了嗎？由他來評判其他作家的作品優劣，或是推舉對方上文壇，或是將對方蓋上缺乏才華的烙印，這就代表了自己已是作家中的作家了啊。

他想過無數次，總有一天會有人來邀自己當評審吧。在文學獎項上屢戰屢敗的他一直有個願望——即使只有一次也好，他很想當當看評判他人作品優劣的評審委員。

如今，夢想成眞了。

寒川做了個深呼吸，手伸向值得紀念的第一篇入圍作品，篇名叫做〈虛無僧偵探佐飛〉，內文是以電腦打字輸出的。最近手寫的稿子幾乎絕跡了，寒川心想，看來從前的評審委員比現在辛苦多了呢。

讀沒多久，寒川皺眉的次數愈來愈多。這篇作品的文風很怪，非常不易閱讀。寒川從一旁筆筒中抽出紅色原子筆，開始在看不順眼的文句上修起稿子來。

啊，不行不行——

他連忙將原子筆放回原處，因爲他想起自己的工作是爲作品評分，而不是幫入圍者改稿子。

他繼續讀下去，有好幾個地方都讓他覺得讀起來不甚順暢，但他仍忍耐著讀到最後。

讀完後，寒川搖了搖頭。這篇完全不行啊，太荒唐無稽了，他印象最深的只有故事進行到中段亂成一團，結局更是莫名所以。他不懂這篇作品到底哪裡有趣？爲什麼能夠留到最終入圍呢？

寒川將〈虛無僧偵探佐飛〉扔到一旁，接著拿起了〈殺意的多孔插座〉的原稿。

3

終於來到決選會議當天，寒川前往會場飯店。

神田連同手下數名編輯，以及另一名評審友引三郎都已經到場了，這下還缺一名評審沒到，也就是說，這次的評審共有三名。

另外兩位評審，寒川都認識，也都打過照面。兩人與寒川經歷類似，知名度也不相上下，而且，他們都是初次受邀擔任評審委員。

「寒川先生，你覺得如何呀？」友引悄聲問道。

「什麼東西如何？」

「這次的入圍作品呀，有沒有中意的？」

「咦？不要現在問我這個問題啊，等人都到齊了，大家再慢慢討論呀。」

「話是這麼說啦，不過你要是心中有個底，稍微透露一下又不會怎樣嘛。」

「唔……，透露一點倒是無所謂，我的確有比較中意的作品。」

「是喔……」

「那你呢？」

「我啊，還沒定論呢，我想聽聽大家的意見之後再做決定。」

「是嗎？」寒川沒想到會有這樣的評審，不禁直盯著友引的側臉瞧。

其實寒川今天來會場之前，內心早已敲定得獎作品了。他也堅信無論誰來評選，這篇作品絕對會從四篇當中脫穎而出，畢竟另外三作的水準差太多了，沒什麼好比的。

第三名評審委員到場了，是女作家轟木花子。神田一看見她，連忙起身。

「那麼，容我宣布第一屆灸英社推理小說新人獎的決選會議正式開始。這次由我擔任主席，請大家多多指教。」

神田與三位評審委員圍著一張大方桌面對面就定位，寒川的鄰座是神田，正對面是友引，而斜前方坐著轟木花子。

「哇，有點緊張呢，我這是第一次擔任評審委員的工作，感覺責任重大啊。」轟木花子圓圓的臉蛋微微泛紅。

「嗯，不過是新人獎罷了，那麼緊張幹嘛，區區一個小獎又不至於決定一個人的一生。」友引撇著嘴說道。

「哎呀，可是參選者的心態，很可能是想透過贏取這次的獎項，朝專業作家之途邁進啊。這麼一想，我會覺得身為評審委員應該要非常審慎地下決定，才是負責任的態度。」轟木顯然正瞪著友引。

「如果是眞心想進入文壇的參選者，就算在這個獎項落馬，也會再接再厲繼續努力。而如果是以得獎爲目標而寫作，沒得獎的話就放棄當作家的夢想，這樣的人是不可能成功的。」

「可是這種事誰說得準呢！」

「是啊，未來的事誰也說不準，所以也沒必要替參選者考慮他們的未來吧？」

「我的意思不是那樣——」

「呃，好了好了，好了好了好了好了。」神田站起身，張開雙臂揮舞著，試圖安撫雙方，「總而言之呢，我們開始評選吧。當然非常歡迎三位老師互相交換意見，不過麻煩我們將重點放在這次的入圍作品上頭，好嗎？」

轟木花子似乎想反駁什麼，但還是一臉不甘願地點了點頭；友引則是不發一語，低頭翻閱著這次入選作品的影本。

「好的，現在呢，我們先請各位評審就這次四篇入圍作品，以ＡＢＣ三個層級評分。等大家的評分都收齊後，我們再來討論個別作品的優缺點。」神田輪流看了三位評審一圈，接著說道：「大家都同意這個方式吧？那麼，就麻煩轟木老師先開始評分。」

「哎呀？從我開始嗎？」

「啊，呃，其實哪一位先發表都可以的……」

「不然我先講好了。」友引開口了。

「不，我先講。」轟木挺直背脊，從皮包拿出筆記本，「嗯，首先是〈殺意的多孔插座〉。這篇作品的背景是一個大家族，但是家族成員的血緣關係非常複雜，就這一點來看，整個故事便顯得有些牽強。雖然每個家族成員懷抱的困擾、或可說是殺意，的確宛如多孔插座插了許多電線般交纏，這部分是有趣的，但是要我評分的話，我還是比較中意〈野豬的詛咒〉……」

「呃，老師，轟木老師。」神田連忙打斷她的話，「不好意思，詳細的感想我們等一下再一一發表好嗎？現階段還請老師先以ABC做出評分，麻煩您了。」

「啊，對喔，抱歉。嗯，所以多孔插座是B，野豬是A。」

聽到她的評分，寒川不禁有些憂鬱，因爲她的評分與自己的有出入，看樣子今天的決選會議得耗上不少時間與精神了。

「〈虛無僧偵探佐飛〉是C，這篇根本是來亂的吧。最後，〈殺紅眼〉也是C。」

「什麼？」友引似乎頗有意見，視線旋即落在自己的筆記上頭，「好，那接下來是我的評分。說實在的，這四篇我全部不想給A，但是勉強要選的話，我覺得應該是〈殺紅眼〉吧。嗯，這篇可以給到A。」

轟木花子睜圓了眼瞪著友引。

「〈虛無僧偵探佐飛〉根本不值一提，所以是C。另外兩篇其實滿像的，我給多孔插座B，而野豬是C。」

轟木緊咬著脣。

寒川聽到友引的評分，心頭又是一驚，因爲這也與他的評分有出入。

怎麼辦呢？他頓時猶豫了，但他很快便重整思緒，決定要誠實說出自己的評分。

「那麼，寒川老師呢？」神田催促著。

「呃，我的評分呢……」寒川乾咳了幾聲，「〈殺意的多孔插座〉是A，〈野豬的詛咒〉是B，〈虛無僧偵探佐飛〉是C，最後，呃……，〈殺紅眼〉是B。」

聽到寒川的發言，友引不悅地噘起嘴，顯然很不滿意寒川將〈殺紅眼〉評為B。

「意見相左了呢。」神田難掩困惑，「好吧，總之，所有人都評為C的〈虛無僧偵探佐飛〉就算是在這階段落選了，可以嗎？」

「無所謂吧。」轟木花子說。

「這篇根本不知道在寫些什麼。」友引偏起頭，「這個作者是不是倉促寫完的啊？後半部出現了好多矛盾之處。」

「而且故事有頭沒尾的。」寒川也附和道。

「沒錯。說到底，作者把虛無僧拉來現代日本探案，這個設定本身就莫名其妙，文筆也奇差無比。」

「那麼，我先宣布〈虛無僧偵探佐飛〉落選了。」神田以手帕拭去額頭上的汗水，「那麼就是剩下的三篇作品了。這下子傷腦筋了啊。」

「寒川先生啊，」友引開口了，「為什麼你將〈殺紅眼〉評為B呢？」

「因為這個作品根本不算是推理小說，而是官能小說啊。」

「這是官能推理小說！不但具有意外性，性愛場面的描寫也相當精采，我個人覺得非常有趣。」

「但是有點下流。」轟木板起臉說道。

「官能小說寫到這個程度剛剛好，所謂上流的官能小說根本毫無看頭。」

「可是要比有趣，這次的入圍作品中，最有趣的就屬〈野豬的詛咒〉了，不是嗎？我覺得作者寫出了非常優秀的正統派恐怖小說呀。」

「陰森森的，無聊死了。」友引不屑地回道。

「我覺得寫恐怖小說路線是無所謂，但這篇很顯然也不是推理小說吧。」寒川對轟木說：「主要的詭計竟然用上了超自然現象，太不公平了，推理迷一定會覺得被耍了。就這個點來看，我覺得〈殺意的多孔插座〉才是當中架構最縝密的作品。」

「那篇的確是很縝密，但是了無新意。」友引撇起嘴。

「會嗎？」

「你想想，整篇故事複雜之處只在於它登場人物的血緣關係部分，犯罪動機說穿了就是男女的愛恨情仇加上爭奪財產，從頭到尾都是老梗。而那個複雜的血緣關係，簡單講不就是老爺子納了太多妾搞出來的嗎？」

「可是，它的詭計很精緻，兇手的身分也具有相當的意外性啊。」

「會嗎……？」友引沉吟著。

「說到詭計，我覺得野豬那篇的詭計更精采呢。」
「我剛剛也說過了，那根本不算是詭計。居然利用咒術殺死人，太不科學了。」
「不科學歸不科學，但這篇作品的前提原本就是不排除出現這種手法的可能，所以對讀者並不會不公平。」
「妳要這麼說，推理小說不就什麼都能寫進去了。」
「我倒是覺得什麼都可以寫進去啊，有什麼關係？」友引說：「重點是能寫得多有趣，只要寫得有趣就是好看的小說。所以就這一點來看，我覺得〈殺紅眼〉才是這次入圍作品當中最有趣的一篇，那些性愛場面太讚了，讀者看了一定很興奮。野豬就不行啦，太無趣、太沉重了。」
「不！野豬才是最佳作品，我是不會讓步的！」
「野豬野豬叫個不停幹嘛？就算是妳的同類，也沒必要幫忙站臺站成這樣吧。」
「你說什麼！」轟木花子氣得吊起眼尾，「太、太、太失禮了吧！你才該照照鏡子，根本就是個好色的臭老頭！」
「妳說什麼？」
「好了好了，好了好了好了好了。」
如此這般，第一屆灸英社推理小說新人獎的決選會議陷入了激烈的脣槍舌戰，評審們經過三個小時半的纏鬥，最後同意神田的建議，由寒川評爲A、另外二位評爲B的〈殺意的多孔插座〉奪冠，決選會議才好不容易落了幕。寒川當然是非常滿足，而對立的轟木花子與友引由於爭論過久，兩人都是筋疲力盡，似乎只要最後結果不是對方推舉的作品得獎，其他都沒意見了。

後來才曉得，〈殺意的多孔插座〉的作者是一名五十四歲的男性，目前任職於市公所，沒多久就要退休了，因此對他來說，在這個時間點察覺自己或許可以朝作家一途發展，一定覺得非常幸運吧。

決選會議後的聚餐結束後，微醺的寒川走在回家路上。太暢快了！他深深覺得，能夠擔任評審委員眞是太好了！內心忍不住現在就開始期待明年的決選會議快快到來。

4

以神田爲首，列席本次決選會議的編輯一行人，在決選會議後的聚餐結束之後，全員回到公司，但當然，沒有任何一個人喝醉，因爲接下來還有非常重要的任務等著他們。

「好啦——！」神田逐一望著部下，「那，我們就開始吧！」

部下們慢吞吞地回到各自的座位上，每個人看上去都沒什麼幹勁，就連神田也覺得心情陰鬱，但這是上頭的命令，他不得不照做。

「總結來看呢，和我們事先預測的相去不遠吶。」

聽到神田這句話，部下們紛紛點頭。

「果然是讓多孔插座拿下獎了。」某位年輕女編輯說。

「那篇作品，要說縝密是很縝密啦。」神田苦笑道：「中規中矩，也沒什麼大破綻，不愧是公務員寫出來的小說。」

「可是也太過時了吧。」某位年輕編輯開砲了。當他察覺同事訝異的眼光，連忙改口：「啊，抱歉，我說得太過分了。」

「不，你說的是事實，的確太過時了。現在這個年代還讓那樣的作品贏得新人獎，實在是讓人跌破眼鏡。所以我也在想，搞不好社長的判斷是正確的。」

所有人都露出一臉信服，點頭稱是。

「轟木老師推舉的是〈野豬的詛咒〉吧？」女編輯說道：「有點出乎我意料呢。」

「會嗎？那位老師啊，妳別看她那樣，她可是一直很留意文壇風向的，所以我覺得她是意識到了最近的恐怖小說風潮，才會推舉那篇作品哦。」開口的是某位資深男編輯，「相較之下，我更訝異的是友引先生居然會推舉〈殺紅眼〉。那個人個性很頑固，我一直以爲他肯定會選多孔插座呢。」

「嗯，我也有同感。」神田說：「本來我覺得他可能還有點救的說，眞是太令人失望了。」

「不過，果然沒有半個人推舉〈虛無僧偵探佐飛〉呢。」年輕編輯苦笑著說道。

「就是說啊！我看是眞的沒救了。」神田兩手在後腦杓交握，上半身大大地往後一仰，「那三位老師要是得知那篇作品在我們編輯部贏得這麼高的呼聲，一定很吃驚吧。」

「依我看，三位老師是不是壓根沒察覺那篇作品的機關呢？」女編輯似乎正強忍著笑，「友引先生還說，文中出現太多矛盾之處，可是明明人家那些矛盾正是整篇作品的機關呀。」

「還有某位老師說作者的文筆奇差無比，」資深編輯說：「那種讓我們全體爲之驚豔不已的寫作體裁，簡直是畫時代的革新嘗試，然而看在他們眼中只覺得是拙劣的文章。」

「說人家故事有頭沒尾的是哪位啊？」神田問道。

「是寒川老師說的。」年輕編輯回答，「我聽到的時候，差點沒從椅子摔下去。眞沒想到老師是這樣看待那篇作品的。」

「作品直到最後一行，才整個顚覆了先前故事中的世界，而且爲什麼主角是個虛無僧，這個謎團也在瞬間得到了解謎，對吧？這麼精采的設計布局，卻被評價成那樣，我聽了也覺得好失望。」

「唔——，我本來是很期待那三人也能理解那篇作品的傑出之處啊。」神田一臉苦澀，

「不過也好啦，很多事情這下都明白了。我當初接到命令時還覺得，何苦大費周章設下一個新人獎決選會議的局騙他們呢。」

「那三位老師要是曉得自己受騙，一定會勃然大怒吧。」年輕編輯語氣中帶著一絲愉悅。

「那是當然的啦。即使是社長命令，我也很猶豫是不是眞的要這樣做。」神田苦著臉搔了搔頭，「所以呢，絕對不能讓他們發現這是騙局。總之趕快把這個獎項給出去，接下來當然沒有第二屆了。大家只要記得，這次勞師動眾的最大收穫就是收到〈虛無僧偵探佐飛〉這篇傑作的投稿，知道嗎？這篇作品就照我們先前的計畫，幫他送去角逐其他的獎項吧。」

神田想起一年多前，接到社長命令當時的情景。那個命令就是，要他清理一下目前灸英社手上的作家。

由於書的銷售量年年降低，從前出版社還會心存期待，或許旗下作家哪一天會突然爆紅，因此即使銷量不佳的作家，出版社仍然會持續幫他們出書。然而期待終究是不敵現實，社長要求神田做個總清算，若經過評估是沒有未來性的作家，就毅然決然地畫清界線，不再爲他們出書了。

但是，要評估一名作家有沒有未來發展性，並不是件簡單的任務。熬了好幾年都紅不起來的作家，哪一天突然紅透半邊天的例子並不是沒有，這也正是這個業界獨特之處。

要判別作家有沒有未來性，換句話說，就是要看這個作家是否擁有出眾的感性。而根據這個基準所設計出來的計畫，就是這次的新人獎決選會議。

寒川心五郎、友引三郎、轟木花子，這三位其實都是邊緣作家，神田不得不從三人當中選出最沒有未來性的一位，而這位作家今後將再也接不到灸英社的任何邀稿。

這次最終入圍的四篇作品，都是用來測試他們三人才華的道具。首先讓他們讀過四篇作品，再根據他們所下的評語，來評估這三人身爲作家所擁有的可能性。譬如說，如果某人大力推舉〈虛無僧偵探佐飛〉，就表示這個人的感性依舊敏銳；至於選了哪篇作品，會被認爲身爲作家已經沒有未來性可言了呢？正是那篇〈殺意的多孔插座〉。

「好，那我們來投票吧。」神田環視部下說道：「評分分爲三個層級，請大家以ＡＢＣ表示。從最旁邊的開始說吧。」

首先是資深編輯語氣沉重地開口了：「友引先生與轟木女士是Ｂ，寒川先生是……Ａ。」

接著是女編輯小聲地說道：「我覺得，轟木女士還算得上是Ｃ，友引先生是Ｂ，至於寒川老師……，很抱歉，我給Ａ。」

「我也給寒川先生Ａ，遙遙領先。其餘二位都是Ｂ。」

部下一一給出評分，最後輪到神田了。他搖了搖頭說：

「大家都很清楚我的評分了吧。嗯，我也給寒川先生A，所以得獎人出爐嘍。大家一致通過，這次感性不再、毫無未來發展可言的作家大賞，由寒川心五郎老師獲獎！好啦，大家辛苦了。」

辦公室內響起稀稀落落有氣無力的掌聲。

巨乳妄想症候群

1

一打開冰箱，眼前是並排的兩顆巨乳。

又胖又軟又渾圓的咪咪。淺粉紅色的乳暈約是五百圓硬幣大小，上頭立著同樣粉色的小巧乳頭。

冰箱門就這麼開著，我愣在原地好一會兒之後，戰戰兢兢地伸出了手，試圖一把捏住一邊的巨乳。

然而那觸感卻完全背叛我的預想，不但硬硬的，還是冰的。

我眨了眨眼。

發現我正捏著一個肉包子，這時我才想起，昨天我在便利商店買了三個肉包，只吃掉一個，剩下的被我裝袋收進了冰箱。

我竟然把肉包看成女性的乳房！

一定是太累了。我苦笑著，將肉包放進微波爐，按下開關。原本我會打開冰箱，就是因爲肚子餓了想找點東西吃。

我一邊咬著熱呼呼的肉包，在客廳沙發坐了下來，無意間往一旁的垃圾桶一看，差點沒噎到。

因為垃圾桶裡有一顆巨乳若隱若現。

我小心翼翼地湊近端詳，怎麼看都是白皙的咪咪，於是我又和剛才一樣伸出手一摸，應該是軟綿綿的咪咪瞬間成了保麗龍碗。沒事。那只是我昨天晚上吃光碗麵的殘骸。

是昨夜喝的酒還沒醒嗎？可是昨天我只喝了兩罐啤酒，這種程度的酒精，我根本不會醉啊。

沒什麼大不了的。——我試著說服自己，誰都會眼花，而且我最近工作太操勞，一定是因為用眼過度的關係。我的職業是插畫家。

我決定重振精神，回到工作上。這陣子接的案子幾乎都是在電腦上完成的。

坐回工作桌前，啓動電腦，往手邊一瞥，我霎時睜圓了眼。

滑鼠墊上頭是一顆咪咪。

不可能。那絕對不可能是咪咪，一定是滑鼠，證據就是前端還有條電線連到鍵盤去。

我伸手握住咪咪……不，滑鼠，結果不出所料，手中的半球體恢復原本的滑鼠形體。我嘆了口氣，按下乳頭……不，滑鼠鍵，心臟仍跳得好快。

電腦螢幕上顯示著我昨天畫好的插畫，構圖是一名美少女戰士持劍擺出戰鬥姿勢，這是某家電玩公司委託的案子。

望著望著，我開始覺得美少女的胸部好像有點小，可能再畫大一點比較好。

修大了一些，看一看還是覺得不夠。咪咪當然是愈大愈好，於是我繼續向上修正，大一點，再大一點。

直到門鈴響起，我才回過神來。

我拿起對講機，說了聲：「哪位？」

「不好意思，我是管理員山田。」傳來男性的聲音，「現在方便打擾一下嗎？」

麻煩死了。我暗自嘖了一聲。可是這個管理員要是不讓他把事情處理完，他會不斷地上門按鈴，直到你開門爲止，那還不如早死早超生。

「喔，請進。」我回道。

一打開門，門口站著一身作業服的管理員，他是個禿頭，然而一瞥見他的那顆頭，我頓時「哇」地大叫，因爲管理員的頭頂竟是一顆巨乳。

「怎麼了嗎？」管理員訝異地看著我。他的額頭以上整個是肉色的咪咪，而乳頭就聳立在頭頂部位。

「呃，那個，沒什麼……」

我試圖別開臉，視線卻怎麼都會回到那東西上頭。管理員當然無法明白我內心的掙扎，滔滔不絕地說著什麼。每當他的頭一搖晃，頭頂的巨乳便彈性十足地抖動，望著那幅景象，我禁不住有些勃起。

「所以呢——」巨乳頭管理員說：「如果您也同意這樣的垃圾分類規則，麻煩您在這裡蓋個章，或是簽名也可以。」

「喔，好、好的。呃，要簽在哪裡？」

「簽這裡就可以了。」管理員低頭仔細看向文件，指著簽名處。這時他的頭整顆湊近我，巨乳就在伸手可及的前方，那看上去豐滿、雪白、柔軟的乳房。

「哇！你幹什麼！」只見管理員按著頭後退了好幾步。

「咦？」

「你還咦！想幹什麼啊？怎麼突然抓人家的頭頂！」

這時我才赫然驚覺，自己正伸出雙手打算緊緊抓住那球巨乳，但眼前只有管理員那顆圓滑的禿頭，巨乳早已消失得無影無蹤。

「抱歉，我可能有點累了。」我撿起管理員掉在地上的文件，簽好名還給他。他一臉驚魂甫定地直盯著我瞧，接著快步離去。

我關上門，走回工作桌前。頭隱隱作痛，可能睡一下比較好吧。

電腦螢幕上顯示著畫到一半的兩顆巨大球體。怪了，我又沒畫這種東西。我將圖縮小移動之後發現，這正是美少女的巨乳。就在我一心想著再畫大一點、再畫大一點，修圖修到後來的結果，就是這對比少女身體還要大上數倍的巨大雙峰。

我坐到椅子上，關掉了電腦的電源。

2

「你患了巨乳妄想症候群。」我的醫師友人田村語氣冷淡地說道。他是精神科醫師。

「那是什麼？聽都沒聽過。」

「最近我們精神科正在密切注意的一種症候群，患者會將各種東西都看成是女性的乳房，而且全是巨乳。」

「嗯嗯！沒錯！我剛剛來醫院的途中，把水果鋪外頭陳列的桃子全看成了巨乳，嚇死我了，我還以爲是我眼睛出了問題。」

「不是眼睛，是腦袋。這是腦袋的疾病。」

「爲什麼會得這種病呢？」

「這也是強迫意識的一種。」

田村拿起一張畫，就是我畫的那幅巨乳美少女戰士。爲了向他描述我的症狀，我把那張圖印出帶來了。

「強迫意識對你造成的影響就是，你會一直強烈地告訴自己，女孩子的胸部一定要大，要是不大就沒有魅力。」

「與其說沒有魅力，應該說是客戶不會點頭啊。」

「一樣的意思啊。你深信無論是什麼樣的角色，只要是畫女孩子，就一定得畫成巨乳，否則自己的作品便得不到認同，也就等於自己受到了否定。」

「是這樣嗎？」

「你的畫說明了一切。」

「哎喲，是沒錯啦，我很清楚要是畫出小胸部的女生，我的畫只有被丟進垃圾桶的份。」

「那是你先入爲主的觀念。客戶當然會希望你畫出有魅力的女性，但並不等於他們需求的就是巨乳女。」

「可是客戶……」

「我想你那個客戶一定也患了巨乳妄想症候群吧。」田村斷言道：「你的客戶當然想滿足消費者的需求，於是在他們的思維裡，『魅力』就等於『巨乳』，而且這想法愈來愈根深蒂固，他們開始害怕要是商品角色的胸部太小會賣不出去。」

「但是事實證明，大胸部的角色就是比小胸部的角色有人氣啊。」

田村嘆了口氣，緩緩地搖頭，「這就代表動漫迷或消費者也開始出現巨乳妄想症候群的病徵了。本來人們追求的只是具有魅力的角色，與胸部大小無關，然而由於不斷接收販售方提供的巨乳偶像攻勢，人們欣喜之餘，逐漸產生錯覺，覺得女性的胸部愈大就愈有魅力。而你們創作者爲了回應需求，硬是往有著可愛臉蛋的美少女角色身上加上一對巨乳，動漫迷與消費者看了大喜，又想要見到更強的魅力、更大的胸部。這個現象有個名稱，叫『海咪漩渦』。不是『通縮漩渦』(*1)哦。」

「可是客戶那邊也不是說只要大胸部就一定買帳，要是眞的大得太誇張，客戶也會覺得不妥，我是覺得應該有個理想的比例存在。」

「你不覺得那個理想比例一年比一年誇張嗎？到現在，根本已經沒有所謂的完美平衡，人們都被制約了，只覺得反正愈大愈好，就跟你的症狀一模一樣。」田村說著將我畫的那幅美少女亮到我面前。

我不禁移開視線，「所以我是不是暫時休息一陣子不要工作比較好？」

「光停工是不夠的。你的腦子現在已經完全被巨乳占據，也就是呈現被巨乳支配的狀態，你必須將巨乳徹徹底底從你的日常生活中排除。不但不准看見巨乳，連有可能讓你聯想到巨乳的話語也必須不聽不聞；開黃腔是無所謂，但禁止談到關於乳房的話題。」

「這根本是殺生嘛。」

「要徹底執行可能有困難，但是我希望你能夠盡力嘗試，否則你的病情會愈來愈嚴重。現在還只是將禿頭看成巨乳，再惡化下去，所有人的臉在你眼中全都會變成巨乳哦。」

「你這是在威脅我嗎？」

「我只是陳述事實。總之我先幫你開個藥，吃下去應該就不會把禿頭還是肉包看成巨乳了。不過這只是治標不治本，如果你想根治，就得乖乖聽我的話照做，知道嗎？」

我記著田村嚴厲的教誨，離開了醫院。

不知是否藥效起了作用，走在街上，奇怪的幻覺消失了，水果鋪的桃子依舊是桃子。我鬆了一口氣，往前一看，一名年輕女子正迎面走來，她穿的是開襟上衣。

而且是個巨乳女。

我眼前一花，雙腿一軟。回過神時，自己已經倒在路旁。

「你還好嗎？哪裡不舒服嗎？」

傳來女性的聲音。我搖搖頭，按了按眼頭，抬臉望向對方，正是方才走來的女子。

「你沒事吧？要不要幫你叫救護車？」她說著彎下身子。

那對巨乳的乳溝毫不遮掩地映入我的眼簾，我的血液登時沸騰，在全身亂竄，心臟狂跳不已，腦中「哐——！哐——！」地響著鑼聲。

好想搓揉好想搓揉好想搓揉好想搓揉，好想吸吮好想吸吮好想吸吮好想吸吮，好想搓揉

＊1 即deflation-spiral，指通貨緊縮、物價持續下跌，落入惡性循環的經濟現象。

好想吸吮好想搓揉好想吸吮……。如此赤裸裸的慾望究竟是潛藏在我身體的哪裡？我拚了命地壓抑著腦中的情慾。

「先生……？」但女子毫不知情，更湊近看著我，而她的乳溝也更湊近我的眼前。

「哇啊啊啊啊啊！」我緊抱著頭，當場蹲坐了下來，「快、快走開！拜、拜、拜託妳！拜託妳！」

我死命忍著想朝巨乳撲上去的強烈衝動，不曉得在路邊蹲了多久。過了好一會兒之後，我終於抬起頭一看，女子已經不見了，只有往來行人冷冷的視線落在我身上。

我連忙離開那兒，立刻撥電話給田村。

「嗯，不出我所料。」聽完我的敘述，田村冷靜地回道：「因為藥效，你的幻覺消失了，但相對地，你對於巨乳的渴望情緒無處發洩，全都囤積在你的潛意識裡，在這種狀況下，要是見到真正的巨乳，就會彷彿水庫決堤，你的慾望將一口氣全部爆發出來。所以我不是警告過你嗎？絕對不要接近巨乳，不看不聽不想。現在只有這個方法救得了你了。」

「這種禁慾狀態，我要撐到什麼時候？」

「還用問嗎？當然是到你病好了為止啊。」田村無情地下了宣判。

3

於是我苦惱的每一天就這麼開始了。除了要時時刻刻留意不能望向女性的胸部，去到書店或便利商店時，也不能走近雜誌區，因爲最近的男性雜誌封面幾乎清一色是巨乳寫眞女星，尤其是鎖定中年上班族閱讀層的男性週刊，封面女星的姿勢一個比一個強調乳溝部位，要是一個不留神，目光就會不自主地往那兒移過去，相當危險。

而在家時，我也非必要不打開電視，因爲近年的電視節目全被巨乳女明星占據，明明從前只有在深夜綜藝節目當中才會出現，但現在就連黃金時段和白天的節目裡也隨處可見她們的身影，而且由巨乳寫眞女星轉型女演員的例子也有逐漸增加的趨勢，我甚至連NHK的連續劇也無法放心觀賞。

不止如此，新聞節目也在危險清單中，因爲有時還是會出現巨乳女主播，即使她們穿的是遮掩度較高的服裝，也不可能逃得過我犀利的眼光。

日本究竟是何時開始崇尚巨乳的呢？我也同意田村的看法，日本社會已經有了約定俗成的標準，大家都認爲胸部愈大就愈有魅力。到底是誰先提倡的？或者眞的是日本男性的個人喜好改變了整個社會觀念？

當然，男性偏好大胸脯並不是現在才開始流行的。譬如在昭和初期，聽說曾經有名男子因爲覺得配偶胸部太小而訴請離婚。由於當時的社會規範不允許男女婚前性行爲，這名男子婚前沒機會見到妻子的裸體。據說法官們在觀察過被告的胸部尺寸之後，認爲「不至於嚴重影響婚姻生活的維持」，而判定原告敗訴。而的確，這是再合理不過的判決。

昭和時代，大胸部的女性被稱爲「大奶」（*1）落語家月亭可朝還寫了一首〈絕讚的大奶〉（*2），紅遍大街小巷，連小學生都琅琅上口。「大奶」一詞究竟出現於何時，至今尚無定論，但我查了一下廣辭苑，上頭的確收錄了這個詞，只不過是以平假名記述。

大胸部確實從古至今都是男性的憧憬，但理想尺寸應該不是大到失衡的豪乳。雖然在西方的男性雜誌上頭，常會刊登日本人難以想像的大胸脯裸女照，日本男性在翻閱這些雜誌時，潛意識當中還是有個但書的——那畢竟是外國女人，一般人並不會將這標準套至日本女性身上。此外，西方女性模特兒不止胸部大，個頭也高，換句話說，整體還是有一定的平衡美存在。

然而從某個時期開始，巨乳女星似乎席捲了全世界。爲什麼會變成這樣呢？

我想或許與成人錄影帶的崛起不無關係，而且原本「巨乳」一詞便是出自ＡＶ（*3），此外還有「美乳」、「爆乳」等詞亦然。

是否因爲這樣，許多以胸部自豪的女孩紛紛透過影片，盡情挑逗男性的胯下與妄想，讓兩者不斷地膨脹，才會造成今日的局面？或者該說是ＡＶ業界的操盤手早早嗅到今後將是海咪咪的天下，於是針對需求製作出大量滿足男性慾望的商品呢？

可以確定的是，這過程當中確實存在著「海咪漩渦」。

人們通常以胸罩罩杯尺寸來描述胸部大小，這在從前與今日都是同樣的敘述方式。簡單來說，A罩杯＝小胸部，B罩杯＝一般尺寸，C罩杯＝大奶。大概是這樣的感覺，而D罩杯在從前就是超大奶了。

但反觀今日，被稱作巨乳的，少說也要E罩杯吧？D是有點大，C是一般大，B是小，A則是不列入討論範圍。

雖然日本女性的體形相較於從前也有了變化，但不過是經過了二十多年，變化會那麼劇烈嗎？我試著打電話詢問某位女性友人，她是一名設計師，曾經任職於內衣製造商。

「喔，關於那部分啊，有兩個原因。一是日本女性的體形的確不同於昔日，畢竟飲食習慣不同了吧。」她坦率地說道：「而另一個原因呢，是女性對於胸罩的認知有所改變。從前當然也有許多大胸部的女性，但由於當時沒有適合自己的尺寸，她們只好勉為其難地穿上C

*1 原文作「ボイン」，為描述女性乳房豐滿有彈性的擬態語，有一說出自英語俗語「boing boing」，形容見到心儀女性時雀躍的模樣。

*2 原文為「嘆きのボイン」。

*3 Adult Video的縮寫，即成人影片。

罩杯，甚至不少女性認爲擁有大胸部是很丟臉的事。而現代的女性，追求的則是合身、美形的胸罩，直接訂購西方產品的女生也大有人在哦。不過你幹嘛問這些啊？」

「呃，沒什麼啦。」我含糊帶過之後，掛上了電話。

哦？這麼說來，關注大胸部的不只是男性，女性也很在意胸部尺寸嘍？原來大家都喜歡咪咪啊！

於是我不禁想到一件事。

爲什麼大家，尤其是男性，特別喜歡海咪咪呢？爲什麼光是看到就想搓揉、就想吸吮呢？

「因爲男性全都有戀母情結，就像小嬰兒一樣想吸媽媽的奶呀。」有女性這麼認爲。眞的是這樣嗎？

4

「的確是有戀母情結一說，但我覺得說服力不夠。」田村說道。

我前往醫院拿藥，順便問問看田村對這個問題的看法。

「那你覺得更夠力的解釋是什麼？」

「很難講哪一方比較夠力，但我比較支持『Neoteny』論點。」

「那是什麼？」

「有人稱之爲『幼形成熟』，就是動物在形體成熟之前便已達到性成熟的現象，好比蝌蚪會進行繁殖行爲，是一樣的道理。」

「生物界有這種案例嗎？」

「有啊，墨西哥蠑螈就是很著名的例子，他們是以幼體進行生殖行爲的。」

「哦？那和巨乳有什麼關係？」

「有此一說，我們人類的進化也與Neoteny脫不了關係，因爲即使是人類的成人，在醫學上來看，身上仍然留有許多類人猿幼體的特徵，比方說臉部無披毛，就是特徵之一。換句話說，類人猿的幼體在形體成熟之前便進行性行爲，生下後代，如此不斷反覆演進的結果，便進化成了今日的人類。這下你知道我想說什麼了吧？」

「我們人類身上一直留有小嬰兒的特徵。你是指這件事嗎？」

「答對了。因爲是小嬰兒，當然會渴求母乳；而會分泌母乳的咪咪，當然就是海咪咪嘍。」

「是喔……」我盤起胳膊沉吟著，做夢也沒想到我們索求巨乳的心理，竟然有著如此壯闊的歷史背景。

「噯，不過這只是有力論點之一，沒必要想太多啦。反倒是你，繞著巨乳話題思考了這麼多，居然還平安無事。心臟一切正常嗎？都沒發作嗎？」

「嗯，好得很啊。」

他這麼一說我才想起，他先前的確提醒過我不能思考關於巨乳的事。

「說不定是你的病情正在好轉哦，太好了，那你的藥就先停下來，我們再追蹤觀察一陣子。」

「沒問題嗎？我不會又把管理員的禿頭看成巨乳吧？」

「要是症狀又出現，馬上來醫院找我吧。不過我想應該沒問題的。」

「那是最好了。不過，那部分呢？想巨乳的事沒關係，看巨乳也ＯＫ嗎？」

「這我沒辦法保證。再怎麼說，親眼看到巨乳畢竟是相當大的刺激，預防萬一，你還是先忍耐一陣子吧。」

那很痛苦耶。但我還是答應他了。

走出醫院後，我低著頭踏出步子。最近走在街上，我都是這副模樣，因爲要是抬起頭來走路，就算我沒有刻意尋找，難保不會有巨乳女的身影衝進我的視野。

但是一逕低頭走路眞的很危險，尤其這兒是人潮洶湧的街道，果不其然，我又撞上了人，還傳來東西掉到地上的聲響。

「啊，抱歉。」我頭也沒抬，直接出聲道歉。

「不好意思。」對方是女性。

她的皮包就落在我腳邊，於是我撿起來，看也沒看對方便將皮包遞了出去。然而她也剛好蹲下來想撿皮包，胸口不巧就在我眼前。她身穿套裝，透過領口看得見裡頭的緊身衛生衣，整個胸形曲線畢露，那是一對相當雄偉的巨乳。

我的心跳加速，搞不好要發作了。

「謝謝你。」女子微微一笑，對我道謝之後便離去。

我望著她的背影，一邊按住自己的胸口，我想應該馬上要發作了吧，然而我的心跳卻緩緩恢復到正常速度，也沒有頭昏眼花。

我做了個深呼吸，張望四下。又有一名大胸部的女子走近，而我直盯著她老半天，也沒發作。

太好了！我的病好了！

我開心不已，抬頭挺胸大步走在路上，甚至哼起了歌。我終於能夠回復正常生活了。

迎面三名女子並肩走來，三人都有著美麗的巨乳，即使一口氣看到這麼多對巨乳，我還是沒發作。接下來的書店女店員、步出咖啡店的女客、等紅綠燈的粉領族也全是巨乳，而不管再怎麼盯著她們看，我的身體狀態都一切正常。

看著路邊一名巨乳女警正在取締違法停車，我開始覺得不大對勁。再怎麼說，巨乳也太多了吧？打從我走出田村的診療室，一路上遇到的每個女性都是巨乳女。

前方就是一家知名蛋糕店，門口依舊大排長龍，我望著那一整排的年輕女孩子一邊前進。

她們全是巨乳女。

5

「看樣子你的幻覺轉移到別的方面去了。」田村的分析是，我心中渴望看到巨乳的慾望依然存在，但由於受到藥物的控制，慾望在常識範圍內不會作祟，也不會把禿頭看成巨乳，但所有女性的胸部看在我眼中，全成了巨乳。

「你打算怎麼辦？再繼續吃藥嗎？」田村問。

我拒絕了。即使是幻覺，身邊充滿了巨乳，對我來說簡直有如置身天堂，我不想放開這份幸福。

於是和先前有著天壤之別，現在外出眞是開心得不得了。走進咖啡店，女服務生是巨乳女，斜前方座位的女客人有對海咪咪，鄰桌吱吱喳喳聊個不停的女高中生們的胸口全都鼓脹得彷彿即將撐破制服鈕釦。

同樣地，在家看電視也有著無上的樂趣，連以小胸部著名的女藝人看在我眼裡，也宛如寫眞女星般有著一對爆乳。

「怎麼啦？看你最近心情很好嘛。」工作上認識的編輯如此對我說。

「呵呵，發生了一些事嘍。」

「幹嘛用那種噁心的語氣講話啊。」

我們此刻正在六本木的酒家裡，身邊有一群女孩子圍繞，每個都有著圓潤豐滿的巨乳。並不是這家店只錄用巨乳女當陪酒小姐，而是映在我眼中，就是這麼美妙。

人一身處幸福的氛圍裡，做任何事都順遂得不得了，最近工作也一帆風順，而且最驕傲的是，我還交了女朋友。當然，我眼中的她也是個巨乳女，雖然我們還沒發生肉體關係，這個週末已經和她約好要來我家玩，到時候應該就看得到她的裸體了。

喝到微醺的我，話也多了起來。我望著身邊陪酒小姐的胸部，不禁說道：「哎呀，妳的咪咪眞是雄偉，連乳溝都這麼深吶。」

陪酒小姐登時臉色一沉，同行的編輯忍不住咯咯笑了起來。「你講話也太毒了吧。」

「我是實話實說啊，眞的好想摸一下哦。」說著我伸出手指戳了戳陪酒小姐的胸部。就在那一瞬間，鼓脹的胸部宛如洩了氣般縮得小小的。

「啊……，怎麼……」

「你好過分！」只見陪酒小姐雙手護著胸部大喊。那哪是巨乳！要說是B罩杯都有點勉強。

隔天，女友來到我家，親自下廚做菜給我吃。她穿圍裙非常好看，當然，胸部依然渾圓飽滿。

我們一邊品嚐她的料理，一邊喝著紅酒，兩人都有些醉意了，從餐桌旁移至沙發，氣氛更是甜蜜，她靠過來依偎著我，我低頭便能清楚看見她的乳溝。

我很清楚她也決定今晚委身於我，這下終於可以撫摸巨乳了。

但是觸到實物的那一瞬間，幻覺就會消失。如果現實的她並不是巨乳女，我的美夢也會瞬間醒來。

如果是那樣，我還會繼續愛著她嗎？

只要不碰她，她就能一直維持著巨乳女的外形，光看著她就是一種享受，但那樣的幸福是不可能天長地久的。

我下定了決心，手伸往她的胸口，就在指尖即將觸上那白皙的肌膚時，她抓住了我的手。

「噯，你會娶我嗎？」她抬眼問我。

「咦？娶妳？」

「我不希望只是和你玩玩而已，我們都不年輕了。」

「這……」

我想起那椿丈夫由於妻子胸部太小而訴請離婚的案例。

「怎麼樣嘛？會娶我嗎？」她催促著。

我沉吟著。要是我說「先讓我摸妳的胸部再回答妳」，她應該再也不想理我了吧？

痿而康

1

立田說有事要和我商量，於是我下班後，繞去他的研究室一趟。立田在大學的藥學系擔任助教，是我高中同學，我和他莫名地合拍，所以即使年過四十的現在，兩人依舊是無話不談的好友。

走進大學研究室，等著我的立田依舊是一身白袍。

「抱歉，還讓你專程跑來。」立田看著我說。

「是無所謂啦，不過你說要找我商量是什麼事？如果是要借錢，麻煩找別人。」

「不是錢的事。呃，從某方面來看也算是錢的事吧，不過別擔心，我從來沒想過向你借錢，我想借的是你的腦漿。」

「腦漿？」

「你看這個。」

說著，立田將一個小瓶子放到我面前，裡面裝著粉紅色的錠丸。

「這是什麼？看起來像是藥。」我拿起瓶子看。

「是藥啊。不，現在還不確定是不是藥，總之是最近研發出來的東西，保證是畫時代的新產品，領先全球的新發明。」立田淡淡地說道。

我望著他的神情，「既然是領先全球的新發明，怎麼看你也沒多開心？這東西到底是幹啥用的？」

他皺起眉頭，凝視著我手中的瓶子咕噥道：「嗯……，它的效用啊，該怎麼說呢……」

「喂喂，連效用都說不出來，還講什麼領先全球、什麼畫時代啊？別開玩笑了。」我將瓶子放回桌上，看樣子他是找我來閒聊的吧。

「我沒有開玩笑，就是因爲不確定它的效用，我才找你來的。好吧，一直強調它有多厲害也沒用，我就直接講結論了。這東西是會影響男性下半身的化學物質。」

「下半身？你的意思是……那裡？」我不禁湊身上前。聽到這，我精神都來了。

「是啊。那裡。」立田面無表情地答道。

「哦——，原來如此。」我朝膝蓋一拍，但想想又覺得不對，「等一下，要壯陽的話，已經有相當有效的藥被研發出來了，不但治癒了許多陽痿患者，也造福了許多夫妻重拾圓滿的性生活。這麼說來，你這個並不是那種藥？」

「不是。」立田搖了搖頭，「嚴格來說，剛好相反。」

「相反？」

「嗯。吃了這個藥的話……」立田的手伸向瓶子，「會無法勃起。」

「啊？」

「目前實驗的結果，只要吞一粒，二十四小時之內完全不會勃起。再怎麼精力充沛的男性，那裡也完全沒反應，也就是呈現所謂的『勃起機能障礙』狀態。這就是這個藥的效用。」

「等一下。」我伸出兩掌擋在面前不讓他說下去，「我可以問一個問題嗎？」

「請說。」

「我沒聽錯的話，你剛說的意思是，這個不是治療勃起不全的藥，而是讓人勃起不全的藥？」

立田點點頭。「你沒聽錯，而且你完全聽懂我的意思了。這個是勃起不全誘發劑，我們研究室幫它命名爲『痿而康』。要不要來一粒試試看？」

「不要。」我搖著手，「你們幹嘛研發這種東西啊？」

「我們並沒有投入這方面的研究，本來我們在開發的是強力生髮劑，只是過程中碰巧得出這種藥。」

我點點頭，視線移向立田的腦袋。他才剛過四十，卻已面臨頂上危機。

「我明白了。吃了這個藥雖然會導致不舉，但相對地頭髮會拚命地冒出來？」

然而立田搖了搖頭。

「不會長頭髮。這個藥對生髮一點效果也沒有，只會讓人不舉。」

「什麼……？」我盤起胳膊，盯著他看。「我可以再問一個問題嗎？」

「請說。」

「那這東西到底有什麼賣點？」

「你問到重點了。」立田湊近來，神情認眞地望著我，「這種東西到底有什麼用處呢？我找你來，就是希望借你的腦漿幫我想一想。」

2

我的職業是廣告代理公司的企畫，所以什麼樣的東西都要讓它賣出去；而爲了讓商品賣出去，我們什麼事都幹，只要廣告內容不至於涉嫌誇大不實——不，即使有些許質疑的噪音出現，我們還是眼睛眨都不眨一下，照賣不誤。

但就算是專業如我，面對立田委託的這項商品，還是傷透了腦筋。

「專利申請已經下來了，臨床實驗結果良好，目前也沒有出現任何副作用，但是卻沒有藥廠願意簽約生產，我們得到的回應都是冷嘲熱諷說誰會買這種藥啊。」

我想也是。

「我明白了。總之我先回去想想再和你討論。」留下這句話，我離開了研究室。

回到家裡，我和妻子聊起痿而康一事，心想反正是個毫無賣點的產品，沒想到妻子的反應和我的預想不大一樣。

「是喔，有這種藥啊？滿有意思的嘛。」

「有意思嗎？」

「以後強暴犯就不用關進監牢，只要讓他一輩子都吃這種藥就好啦，一定比死還痛苦。」

「原來如此。」

我大感佩服，女人的思路果然和男人不一樣。

「還有很多用途哦。」

「譬如什麼？」

「譬如嘛……。我一時間想不出來，不如你先做一下市調好了。」

「也對，可以先探探市場反應喔。」

隔天，我利用公司的電腦上網到電子留言板上發文：「需要勃起抑制劑的鄉民請與以下信箱聯絡。」當然我並不覺得會有人理會，因此當信箱立刻收到回信時，我心頭不禁一驚。

「我二十多歲，不但是個醜男，還有社交恐懼。如果您手邊有那種藥的話，請務必賣給我。我這輩子是不會交女朋友了，應該也沒有機會做愛，但我的陰莖卻非常健康，每次自慰後，我只覺得空虛，那還不如一輩子陽痿來得輕鬆。一生不舉，然後我只要專心思考人生的意義，靜靜地迎向生命的終點就好了。」

看到如此黑暗的內容，我心頭又是一驚。應該所有男人在自慰後都會覺得空虛不已吧，而且一生無法勃起的人生，有什麼好思考的呢？

還有另一封回信，內容如下：

「如果有那種藥，請賣給我吧。耶誕節就快到了，一定有很多男的打算和女人過個火熱激情的耶誕夜吧。所以我要偷偷讓他們吃下這個藥，嘿嘿嘿……」

我關上了電腦。這些人在我發文後便火速回覆，顯然都是些成天盯著網路留言板的電車男，我想不必期待會看到什麼建設性的回信。

「你在忙什麼？」鄰座的玉岡問我。工作上他常和我編在同一組一起發想企畫，是個值得信賴的好伙伴。

於是我將痿而康的事告訴了他，他的眼神瞬間一變。

「那個藥，可以給我一些嗎？」

「咦？你要吃嗎？」

「不是我。我要讓我兒子吃。」

玉岡說，他的兒子今年國三，升學考就在眼前，卻每天沉迷自慰不念書。

「我老婆在他房間裡搜出一大堆色情書刊，可是要是盯他這種事，又覺得他太可憐了，我們夫妻倆正在煩惱呢。平常就算了，現在大考當頭，應該好好念書衝刺的時候，我在想，還是讓他沒辦法勃起比較好吧。」

此話不無道理。我想起自己的準考生時代，也曾爲了逃離考試壓力而夜夜自慰。

我把立田給我的痿而康分了三粒給玉岡，交代他記得告訴我使用效果如何。

兩天後，玉岡愁著一張臉來找我。

「不行啊，得到反效果了。」

「沒藥效嗎？」

「不是，藥本身似乎相當有效，我們騙他是維他命讓他吃下去了，可是沒想到卻適得其反。」

「怎麼回事？」

「我兒子好像沒再自慰了，可是他整個人都沒了精神，書上的字一個都讀不進去。看來自慰似乎是他面對升學壓力時轉換心情的方式啊。」

「原來如此。我多少能明白他的心情。」

「對吧？我也記得好像有人說過，年輕的時候還是要適度自慰比較好。嗯，我不會再餵他吃那個藥了。」

「嗯，這樣也好。不過話說回來，這就代表那個藥眞的毫無賣點啊……」

「不見得哦，我知道有個人對那個藥很有興趣。」

玉岡說的那個人是某客戶社長的夫人，昨晚玉岡在宴會上，無意間對夫人透露了痿而康的事。

「我是拿出來當玩笑話在講，夫人卻聽得興致勃勃，一直要我賣藥給她，還說錢不是問題。」

「眞的假的？」

「我現在正要去找她談這件事，你也一起來吧？」

「當然嘍。」

於是我和玉岡一同前往約定地點。

3

那位社長夫人的傳聞我也耳熟能詳。她不久前還是銀座的酒店小姐，嫁給年近七十的社長，兩人年齡相差四十多歲。所有得知他們結婚的人，都覺得女方一定是看上社長的財產。

「坦白講，我是爲了錢才嫁給他的。」和我們見面沒多久，這位少奶奶便一副興致索然的口吻如此說道。一臉濃妝與暴露的穿著，與她當酒店小姐時一模一樣。

「呃，是……」我們只能這麼應道。

「我之前就聽說他晚上沒辦法辦事，所以覺得嫁給他也無所謂吧。可是沒想到那個老頭子最近三天兩頭跑醫院，現在不是有很多治療不舉的藥嗎？醫師好像打算開藥給他，要是讓他醫好了還得了，我得和那種老頭做耶！」

「你們畢竟是夫妻嘛。」玉岡客氣地說道。

夫人登時吊起眼尾。

「你剛剛是沒聽到嗎？我會嫁給老頭，目的是他的錢呀！誰想和那種老爺爺做愛啊？快七十歲了要是還像一尾活龍，痛苦的是我好嗎？所以我才要和你們買那個藥啊。好了廢話少說，快把藥拿出來吧，多少錢？」夫人說著從香奈兒皮包拿出厚厚一疊鈔票。

我將手邊的痿而康全賣給了社長夫人。剩下我和玉岡時，兩人不禁相視苦笑。

「嚇壞我了，沒想到痿而康還有這樣的用途，女人眞的太恐怖了。」玉岡的語氣裡帶有敬佩與畏懼。

「我一直以爲所有當老婆的只會擔心老公哪天不舉，沒想到還是有例外，眞是大開眼界了。」

「不過那畢竟是例外吧，不是所有女人都是看上男方的財產而結婚的呀。」

「說的也是。正常的老婆應該都不會想買痿而康的。」

然而這個論點，在我一回到家時便被推翻了。妻子見到我，劈頭就說：

「老公，給我一些痿而康。」

「怎麼了？妳要那東西幹嘛？」

「出事了啦。現在無論如何都需要那個藥，你也幫幫人家嘛。」

客廳坐著一名女性，妻子說是她朋友，叫做咲子。

「咲子的先生啊，在外面有女人了，最近常藉口說有應酬，晚上都很晚回家，根本就是去找那個女的。那個狐狸精小她先生二十歲耶，你不覺得很誇張嗎？」

剛剛才和一個為了財產嫁給老頭的女人碰面，老少配差了四十多歲，所以我其實並不訝異，但還是應道：「很誇張啊。太不應該了。」

「我是勸咲子離婚算了，可是他們有孩子，咲子也不想分手，所以來找我商量有沒有什麼好辦法。」

「對不起，給你們添麻煩了。」咲子低頭道歉。

「別這麼說，大家聊聊也好……。呃，那妳要那個藥幹嘛？」我問妻子。

「你很遲鈍耶。我要咲子看準時機，要是她先生哪天晚上可能要去幽會，就事先讓他吃下那個藥。藥效發作會怎樣，你應該很清楚吧？」

「藥效？就沒辦法勃起啊……，喔！我懂了！」

整個恍然大悟。

「如何？這招很讚吧。這麼一來，她先生就沒辦法和那個小狐狸精上床了，一次、兩次站不起來還蒙混得過去，推說那天工作太累就好。可是要是每次都軟趴趴的，他們包准很快就玩完了，人家年輕小姐一定會覺得這個陽痿老頭是怎樣，馬上斷得一乾二淨啦。」

「呃……，是啊，這招眞的非常讚。」

而且，非常恐怖。

「懂了吧，所以啊，痿而康拿來吧。」妻子伸出了手。

「等等，我手邊的全賣完了，明天我去找立田再拿一些，不過……可能沒辦法拿免費的耶。」

「請問要多少錢？」咲子抬起臉看著我，「那個藥要多少錢你們才肯賣？」

「呃，這部分我得先和生產藥的朋友討論一下……」

咲子的眼神無比認眞，看她那副模樣，我心想，全新的商機來了。

4

「老公偷吃的剋星！

畫時代的預防外遇特效藥堂堂問世！無論再疏離、再僵化的夫妻關係，現在就聯絡敝社，立刻能夠獲得迅速有效的解決方案！詳情請洽痿而康研究所」

酒吧裡，我與立田舉杯慶賀。

「我就知道找你商量是對的，不愧是廣告人吶！誰想得到還有這門生意可做！」

「哈哈，我也沒想到消費者反應會這麼熱烈呀。反正你就負責大批大批地把藥生出來吧！」

「我知道啊，可是實驗室裡的產出畢竟有限，得趕快購置能夠大量生產的系統才行。」

「那就麻煩你蓋一條生產線吧，錢的部分你不用擔心。」我拍了拍胸脯。

一切如我們的計畫，痿而康儼然成了防止男性花心的最佳特效藥，在網路一刊出廣告，訂單馬上如雪片般飛來，甚至有藥廠主動找上立田。

「聽說我老婆的那個朋友啊，用了痿而康作戰大成功，她先生徹底地回心轉意了。不，應該是說徹底地被愛人甩了吧。」

妻子說，咲子的先生現在乖得不得了，每天下了班都早早回到家裡。

「可是要是痿而康愈來愈有名，做丈夫的遲早會聽到消息，一定會特別小心不要吃到藥啊，到時候做太太的就得想盡辦法讓丈夫在不知不覺間把藥吃下去，不會很傷腦筋嗎？」立田說道。

「不會，一點也不傷腦筋哦。痿而康愈有名，對做太太的愈有利。」

比方說咲子的手法是，只要知道先生當天晚上有應酬，早上出門前就先讓先生吞下痿而康，而且沒必要遮遮掩掩地騙他，反而是清楚地告訴他「這是痿而康哦」，直接把藥交給先生讓他當面吞下。

「做丈夫的絕對沒辦法拒吃，因爲在外工作又沒必要勃起呀。只有一種狀況做丈夫的可以拒吃。」我豎起食指說道：「那就是，『今晚我想抱妳耶』，明白了吧。」

「原來如此！」立田大大地點了個頭，「換句話說，只要拒吃藥，就表示那天晚上非得在床上好好疼老婆不可了！」

「就是這麼回事。痿而康正是妻子掌控先生勃起的魔法小藥丸啊！」

「難怪訂單會如雪片般飛來嘍。」

我倆再度舉杯。

5

然而，我們的喜悅非常短暫。痿而康上市沒多久，訂單突然銳減，但應該不是藥品本身品質出了任何問題。

「我眞的不懂。痿而康的藥效只有二十四小時，要有效防止丈夫偷腥，就必須持續投藥才行呀……」立田納悶不已。

「會不會是有類似的藥品出現呢？」

「我也想過這個可能性，但是沒聽說同類藥品上市的消息呀。和我們簽約的藥廠也覺得很不可思議，生產計畫總之先暫停了。」

「眞的很怪。我再調查一下吧。」

我一到公司，便抓住玉岡告訴他痿而康滯銷的狀況，他聽了也是一臉訝異。

「咦？眞的嗎？可是就我聽到的消息，我身邊很多做太太的都是用痿而康預防先生外遇啊？而且其實……」他壓低聲音說：「我老婆也買了。」

我嚇了一大跳，直盯著玉岡看：「眞的假的？」

「唉，痛苦死了。」玉岡苦著一張臉，「自從我去洗土耳其浴被她抓到一次，後來只要晚上得招待客戶，當天早上她一定會餵我一粒痿而康。這都要怪你那個發明這種鬼藥的朋友啦，託他的福，客戶在土耳其浴裡爽翻天的時候，我只能可憐兮兮地窩在漫畫網咖裡殺時間。」

我很同情他，但我更掛心痿而康的銷售不振。連我身邊的人都三天兩頭在吃痿而康了，銷售額怎麼可能下滑呢？爲什麼訂單會銳減呢？

我帶著滿腹疑問，走出了公司。像這種煩躁的日子，最需要轉換一下心情了，於是我拿出手機，撥了熟悉的號碼，對方很快接了電話。

「喂——，你好。」手機傳來桃子甜美的聲音。

「是我，出來吃個飯吧？」

「好呀——」

約好見面地點，我掛上電話。桃子是在六本木上班的陪酒小姐，將來想當專業模特兒。因爲光靠業餘接案子養不活自己，只好去酒店打工賺錢。我們公司某次有個廣告案子用了她當模特兒，我和她認識之後便愈走愈近。

和桃子會合後，我們前往餐廳。一邊吃著義大利料理時，我聊起了痿而康，她當然也曉得市面出現了這種藥。

「都是那個藥害的啦，我好幾個被包養的朋友都和男人分手了。那些老男人不敢在外面偷吃，老婆們應該都很開心吧，可是受害者也很多呢。」

「妳的意思是，站在愛人的立場，男人要是乖乖聽老婆的話，很多女孩子會因此沒了收入？」

「沒辦法上床的老男人根本不需要愛人吧。」

「原來如此。」

看來在我們所不知道的層面，痿而康也對男女關係造成了很大的影響。但眞是這樣的話，又更無法解釋訂單爲什麼會減少了。

「你家裡還好吧?太太沒有逼你吞痿而康嗎?」

「沒事啊。因爲我隱瞞得很好。」我得意地一笑,將紅酒送入口中。

用完餐後,我們一如往常直奔桃子的公寓大樓,那是一間頗寬敞的單人套房。

就在我等著她淋浴出來時,手機響了,是妻子打來的,我連忙走出去陽臺接起電話。

「喂,怎麼了?」

「啊,老公,今天早上啊,我忘了跟你說一件事。」

「什麼事?」

「你早上不是喝了咖啡嗎?」

「喝了啊,怎麼了嗎?」

「那杯咖啡啊,」妻子頓了一頓繼續說:「摻了痿而康。」

「啊?」我的手機差點沒掉下去,「摻了痿而康……?妳何、何必幹這種事呢……」

「因爲人家也會擔心嘛,又沒辦法保證你絕對不會偷吃。」

「妳、妳在講什麼傻話!我當然不可能偷吃啊!哈哈哈,哈哈哈哈哈。」

「我也沒有懷疑你啊,只是,嗯,預防萬一嘛。所以你今天應該一整天都不會勃起,別擔心,不是得了陽痿哦。」

「這、這樣啊。對耶,妳這麼一說我才發現,今天那裡好像都滿安分的,不過工作很忙，我也沒空顧到那裡去就是了。」

「嗯，我只是要跟你說這件事。那先這樣嘍。」妻子說完便掛了電話。

我仍握著手機，呆立陽臺上，視線落在自己的下腹部一帶。

回到屋裡，桃子剛從浴室出來，豐滿的身軀只圍了一條浴巾。要是平常的我，光是看到她這副模樣，情慾早就被挑逗起來了。

「怎麼了？怎麼在發呆呢？」桃子過來貼上我的身體。

但是我的下半身毫無反應，軟趴趴的。

「對不起，我今天還是回去好了。」我說道。

「咦？發生什麼事了？」

「我剛剛想起來還有重要的事沒處理。抱歉，改天再找妳。」說完，我逃也似地衝出她家。

我在公寓大樓前上了計程車，嘆了一大口氣。

從來都是我推銷痿而康給別人，這還是自己第一次吃下這種藥。唉，有效。太有效了。打死都不可能偷腥了。

不過話說回來，妻子是什麼時候買到痿而康的？我們的販售僅限網路，而她又不會用電腦啊？還是咲子分給她的？

我腦袋正一片混亂，手機又響了，這次是立田打來的。

「我知道痿而康的銷售額爲什麼會下降了。」立田說。

「爲什麼？」

「答案就在一個叫做『節儉過生活』的網站上，上頭是這樣寫的：『關於目前十分暢銷的痿而康，其實沒有必要大量購買，只有在一開始幾次需要讓您的先生吞下眞正的痿而康，之後可自行將麵粉加水搓製成小錠丸，以食用紅色色素著色之後，告訴您的先生這是痿而康哦，請他吞下肚，便可達到與眞藥完全一樣的效果。您不妨試試看。』如何？你也懂了吧？」

「這是什麼跟什麼？你的意思是，那些家庭主婦在製作假的痿而康嗎？」

「是啊。這應該就是銷售下滑的原因了。太太們讓先生深信自己吞下了痿而康，進而引起勃起機能障礙，也就是說，她們利用了安慰劑效應（*1）。」

我不禁呻吟出聲。雖然主婦節儉是美德，但是把節儉精神發揮到連這種地方都不放過……

「而且不止如此。主婦們還想出了許多替代方案，最狠的一招呢，完全花不到半毛錢，

*1 安慰劑效應（placebo effect），指病人雖然獲得無效的治療，但卻「預料」或「相信」治療有效，而讓病患症狀得到舒緩的現象。

輕鬆搞定。做太太的只要做一件事就好，那就是等先生用過餐之後，告訴他剛剛吃下肚的東西裡面摻了痿而康。」

「什麼？」

「這招虛張聲勢的效果如何很難講，總之對痿而康的銷售而言是一大威脅。由於藥名與其顯著成效已經深植社會大眾內心，反而使得實體的痿而康沒有存在的必要，真是太諷刺了。我馬上去找藥廠的人商討對策。」

「這樣啊……，好，我知道了，那就麻煩你了。」

掛上電話，我的視線又移往自己的胯下。

怎麼會這樣？妻子剛才那通電話，顯然正在對我實驗立田所說的安慰劑效應。她隱約察覺到我的出軌，於是看準絕佳的時機出手，撥了電話給我。

我打算請司機掉頭開回桃子的公寓樓下，既然我沒吃下痿而康，今晚就能和桃子共度春宵了。

但就在我開口要叫住司機時，我又把話吞了回去。

眞的沒事嗎？妻子那番話眞的只是扯謊嗎？我喝下的咖啡裡眞的沒摻進痿而康嗎？

要是摻了就難看了，我可不想在桃子面前抬不起頭，何況最糟狀況，還有可能被她嫌棄。

我避開司機的視線範圍，悄悄地將手伸向自己的胯下撫弄著，如果現在能順利勃起就沒問題了。

然而，我的小老弟還是縮得小小的，完全沒有想勃起的意思。快站起來呀！但我愈是焦慮，胯下愈是硬不起來。我想起了曾聽過陽痿的病因之一是，患者大多內心糾結著要是無法勃起該怎麼辦，而愈擔心就愈無法勃起。

我的手離開了胯下。我已經無法分辨是痿而康還是安慰劑效應發功，唯一能確定的是，今夜我是不必肖想擁抱桃子誘人的身軀了。

我再次深深地嘆息。立田說，這招虛張聲勢的效果如何很難講，但是就我的狀況來說，超級有效。

男人，眞是脆弱的生物啊！

太清晰

1

早上，睜開眼一看，四下不知怎的朦朦朧朧的，我彷彿籠罩在霧靄之中。揉了揉眼睛再看一次，還是一樣。該不是眼睛得了什麼病吧？我連連眨眼，這時我忽然察覺一件事。

這片朦朧似乎不是霧氣，看起來比較像是空氣中飄浮著細微的什麼，或許以顏色極淡的煙來形容更爲貼切。

還在床上的我慌張坐起身子，就在這時，不知道什麼白白細細的東西宛如雪花般盤旋了起來，瞬間纏上我的身體。

「嗚哇！失火了！」

我連睡衣都來不及換掉，四肢著地爬出了房間，一邊使勁抽動鼻子嗅著氣味，起火點在哪裡？是什麼東西燒起來了？

但我完全沒聞到燃燒東西的臭味。難道不是我家失火？是別人家？只是煙先一步飄了過來？那麼警報還是沒解除。我們這棟公寓大樓共有十層樓，我家位在七樓，即使是別人家著火，如果運氣差一點或是逃錯方向，我一樣是沒辦法活著出去的。我想起從前看過一部電影叫做《火燒摩天樓》（*1），片中被關在摩天樓裡的人們，由於輕忽小火災的危險性，接二連三地喪生……

霧靄似乎淡了一些，我直起身子走去廚房巡視，果然不見任何火苗。本來我就是一個人住，平常幾乎不開伙，更別說使用瓦斯爐了，我連燒熱水都是直接用電熱水壺解決的。

我想去看看外頭的狀況，於是來到玄關，伸出腳正要套上鞋子，又發現怪事。我的黑皮鞋表面竟然附著薄薄一層塵埃，怪了，明明昨天才穿過脫下放在這兒的。

穿上鞋，剛踏出一步，突地有什麼揚了起來，宛如蒸氣般又白又細，和方才在床上坐起時遇上的飛舞雪花有點類似，看樣子應該是塵埃吧，但這麼濃的灰塵，要是吸進口鼻，一定會嗆得受不了，我卻毫無不舒服的感覺。

我走出玄關來到外頭走廊一看，只覺得空氣有點灰濛濛的，沒看見任何人驚慌失措地忙著逃離公寓大樓。今天是星期天，不可能整棟樓都沒人在呀？要是失火了，一定會有許多住戶大喊著衝出家門的。

我搭電梯想下去一樓看看。電梯到了六樓時，一名身穿白毛衣的中年女人抱著白貓走了進來，我們公寓大樓是允許養寵物的。女人看著我一身睡衣卻蹬著皮鞋，毫不掩飾臉上的不悅。

但要說不悅，我心裡的感受也不輸她，因爲她懷裡那隻貓身上不知爲何一直飄出奇怪的

*1《The Towering Inferno》，一九七四年美國出品，經典災難片，由史提夫麥昆（Steve McQueen）、保羅紐曼（Paul Newman）等眾多巨星共同主演，敘述一百三十五層樓高的摩天樓由於電線走火而引發的大災難。

霧靄；女人只要一動到貓，那霧靄就更濃。我定睛一看，發現那似乎是貓毛，無數掉落的貓毛籠罩貓的全身，似乎是由於靜電才勉強附在貓的周身，但一旦有動作，貓毛便飛揚到空中，我不禁緊貼著電梯內壁，盡可能遠離那隻貓。

來到一樓大廳，我透過落地窗看向外頭，一切如常，年輕人們正沿著步道散步。

我走出去外頭，二月的冷天下，這身睡衣打扮畢竟是太單薄了，冷空氣刺得我的皮膚都痛了起來，然而看到眼前的光景，我甚至忘了這刺骨的寒冷。

四下完全被濃厚的灰霧包圍，霧氣也飄到馬路上，順著大樓的外牆流動，將所有建築物吞噬，而且只要一起風，灰霧便劇烈地晃動。

好幾輛車通過我面前的馬路，而每輛車都拖著一大串固態物體，仔細一看才發現，那並不是固體，而是煙。汽車排氣管宛如蒸汽火車的煙囪般熊熊地吐出大量的廢氣，看來四下的灰霧就是由這些廢氣構成的。

到底發生什麼事了？難道這些汽車的引擎都壞了嗎？

不可能啊！而且最不可思議的是，路上的行人為什麼都不為所動？

「您怎麼啦？怎麼穿這樣就跑出來了？」身後有人喊了我。

回頭一看，管理員正在公寓大樓前方掃地，但是每當他一揮動掃帚，便捲起大量塵埃，全往他自己身上飛去，即使如此，他還是一臉笑咪咪地掃著地。

「你在做什麼?」

「當然是在掃地呀，大門前隨時保持乾淨，住戶們經過時才會有好心情吧。」管理員說著拿出一根菸點上了火。

下一秒，他彷彿怪獸般呼出一大球煙團。

2

「這樣啊，症狀出現在你身上呀。嗯，也二十八歲了，的確很有可能發病。」

聽我說完昨天的災難之後，老爸望著我坦然地說道。我可是以相當沉重的心情說出這件事，老爸的語氣卻意外地悠哉。

老爸是眼科醫師。我在經過昨天突如其來的視覺驚嚇之後，倉皇失措之餘，發現似乎只有我看到了那些怪現象，於是我來到老爸的醫院求診。

「你說症狀?所以我眞的是眼睛生病了?」

「不能算是生病吧，你就當作是自己擁有特異體質或是某種超能力就好了。我一直想找個機會和你說這件事，但因爲很難解釋，就擱到現在啦。」

「也就是說，老爸你早知道我的眼睛會變成這樣?」

「也不是。我不確定你會不會變成這樣，但我們家族有這種體質遺傳，大概隔個幾代就會冒出一個人吧。像我爸爸，也就是你爺爺，他就有這種超能力，但是我就沒事。」

由於爺爺早在我懂事之前便過世了，我對他沒什麼印象，即便他留下了一些照片，我還是不知道他長什麼模樣，因爲每一張照片上的爺爺都帶著大口罩和眼鏡，我一直以爲爺爺視力很差，而且動不動就感冒。

「到底是怎麼回事？」我試著問老爸。

「簡單講就是呢，一般人所看不見的細微粒子，唯有你能夠看得一清二楚。所以你看到周遭那些霧靄，應該都是懸浮空氣中的粉塵；猛然起床時揚起的白色雪花，可能就是所謂的家塵（house dust）吧；而汽車排出的廢氣，說穿了就是粒子的集合體，看在你眼中就宛如一大團煙霧了。」

「抽菸呼出的煙，在我看來就像一團雲一樣。」

「嗯，很有可能。」有著短胖脖子的老爸偏起頭來，「一般人只看得見煙剛呼出來、粒子密度較高時的模樣，但是你卻連非常稀薄的煙也看得清清楚楚。」

「爲什麼會這樣呢？」

「我也不知道。其實我之所以會成爲眼科醫師，動機就是我想研究這類特殊案例。目前能確定的只有一點：你的視覺感受得到光以外的東西，或可說是接收得到某種電磁波吧。你的視網膜能捕捉各種粒子所發出的電磁波，傳送到大腦就會被解讀爲看見了東西。」

文科出身的我聽到電磁波三個字，耳朵就自動忽略當作沒聽到。

「我不管原理什麼的啦，老爸你不能幫幫我嗎？」

「幫你？幫什麼？」

「讓我的眼睛恢復正常啊！現在這樣是要我怎麼過日子啊！」

沒想到老爸非常乾脆地搖了搖頭。

「雖然你特地跑來診所，但很抱歉，我幫不上任何忙。因爲成因不明，我也無從幫起。哎呀，你就當成是你的宿命，與它和平共存吧。剛才我也說過了，這不算是生病，你爺爺也說過，久了、習慣了之後，自有它的樂趣在，而且常會幫上你的忙哦。」

「你怎麼能講得那麼樂觀？你知道一直看到怪東西有多痛苦嗎？你如果還算是個眼科醫師，麻煩你聽一下患者的要求好嗎？」

「唉，說不過你。」老爸說著搔了搔頭，這時從他斑白的頭髮飄出細細的東西，似乎是頭皮屑和細小的掉髮。接著他「碰」地擊了個掌說道：「你試試看戴眼鏡吧。」

「眼鏡？」

「嗯。那種特殊的電磁波似乎無法穿過玻璃和塑膠，換句話說，隔著這些質材的東西，你就不會看到奇怪的粒子了。」

這麼說，我也想起來了，當我在公寓大廳隔著玻璃落地窗看向外頭時，景色一切正常。

「可是我眼睛又沒問題，戴眼鏡很奇怪耶。」

「你就當成是戴太陽眼鏡就好啦，你爺爺他平日也都戴著眼鏡呀。不過先不管你想不想戴，兒子啊，你找一天過來讓我精密檢查一下吧，千萬不准去找其他眼科醫師哦，我可不想被其他人奪走我的研究機會。」

老爸不知是否暗自雀躍找到了絕佳的研究素材，意味深長地衝著我一笑。

我因為是溜班出來看病的，一離開醫院，得馬上趕回去位於大手町的公司。

於是我攔下一輛吐著大量廢氣的計程車，跳上車朝公司奔去。遺憾的是，這輛車並非禁菸車，車內充滿了前一位乘客呼出的二手煙。然而老爸說的沒錯，我透過車窗看出去的景象都毫無異狀。

回到公司，辦公室內由於一直開著空調與循環抽風對流，受到外頭廢氣的污染狀況相對輕微得多，但話雖如此，空氣並不是清新的，每當有人走動，地面便揚起一層薄薄的輕煙，而且所有人都毫不在意地在辦公室內走來走去。記得從前的歌唱節目常會在歌手的腳邊製造大量乾冰效果，眼前的景象看在我眼裡，就是那副模樣。

我跑去總機櫃檯，兩位總機小姐並肩坐在櫃檯內，迎面坐在左邊的是我的女友由美，她一看到我，對我盈盈一笑。我發現她的臉龐周圍飄浮著一層淡淡的膚色霞光，而坐在右邊的總機小姐臉龐也有類似的霞光，但是色調與由美的略有差異。

「妳又在上班時間偷補妝哦。」我壞心眼地撇著嘴對她說。

「真沒禮貌，我哪有補妝。」由美說得有些心虛，一旁她的同事也低下了頭。

「別想蒙混過去，妳一定補了粉底吧。」

由美一聽我這麼說，迅速地張望四下，確認無旁人之後，湊近我問道：「你看到了嗎？」

「沒有啊，但我就是知道。重點是妳今晚有沒有空，一起吃個飯吧？」

「好啊。」

「那七點老地方見嘍。」說完我便離開了櫃檯。

回到辦公室一看，老樣子，「歲德燒」儀式仍持續著。

當然，歲德燒只是譬喻。在樓層角落的某區域正釋放出大量的煙，看上去宛如正月燃燒門松與注連繩（*1）的歲德燒儀式，所以我擅自這麼稱呼它。今天早上，我第一眼見到那壯觀的景象，嚇得我腿都軟了。

進行歲德燒儀式的那一區，其實是吸菸區。由於縣內推行公司行號內部區分吸菸區與禁

*1 「門松」為三根竹子與松樹枝葉紮成，為一種讓神依附其上的器具，代表迎神；「注連繩」為稻草結成的繩飾，也是祭祀器具的一種，用以拉出結界，將惡運及不淨的東西隔絕於自家門外。日本迎春時習慣將此二物布置於家門口祈求好運。前一年的門松與注連繩通常會於正月十五日燒掉，即所謂的「歲德燒」（どんど焼き）儀式。

菸區，現在幾乎所有辦公大樓內都另闢了吸菸區，原則上會規畫在空氣清淨機附近，但是吸菸者所呼出的煙量顯然遠遠大過清淨機所來得及處理的量，超過負荷的煙於是頻頻流向禁菸區的辦公室座位。我現在終於明白爲什麼討厭菸味的人會強力建議將吸菸區設置在辦公樓層外頭了。

我坐到辦公桌前開始工作，對桌的鈴木貴美子也拿著紙杯回到座位，杯口正冒出裊裊蒸氣，看到蒸氣的顏色，我知道她杯裡裝的是熱紅茶。

鈴木貴美子是我們部門首屈一指的大美女，要不是我早有了由美，可能也會蠢蠢欲動想追求她吧，只不過貴美子可是出了名地難追。

貴美子看也沒看我一眼便埋首工作。咦？我發現她應該是剛去補了妝回來，而且不知爲何，她的頸項一帶飄著藍色的霧靄，我猜不出是什麼東西造成的。

她似乎察覺了我的視線，訝異地看著我問道：「怎麼了嗎？」

「不不，沒事。」我只是暗自感歎妳還是一樣美麗動人吶。——我想輕佻地補上這句，畢竟還是吞回肚裡，移開了視線。現在這個時代，對女同事講這種話可是會被告職場性騷擾的。

歲德燒的煙霧中，走出一個大入道妖怪（*1），雖然有著人的形體，但全身繚繞著黃褐色煙霧，面容模模糊糊的。大入道繼續邁出步子，煙霧也略微散去，那人的面貌愈來愈清晰，正是本部門的課長。

「喂，報告寫好了沒？」課長一見到我便語帶威嚇地如此問道。煙霧散得差不多了，但是他的灰色西裝呈現有點髒的褐色，看來是煙的粒子沾到上頭了吧。課長的臉與愈來愈亮的額頭也比平日還蠟黃，應該是由於頭皮與臉上的油脂融混了煙粒子的關係。

「我正在趕。」

「動作快一點啊，明天會議前一定要讓我看到，知道嗎？」課長說完重重地往一旁的辦公椅一坐，緊接著打了個大噴嚏，我連忙側身一閃，因爲課長口中噴出了大量的黃綠色粒子，當中摻雜著一些顏色特別濃的大顆粒，看樣子是痰的一部分。

課長所噴出混雜著唾液與痰的粒子彷彿從蓮蓬頭噴灑而出，飛散至空氣中，大部分直接落在坐在他正前方的貴美子身上，尤其是她握著的紙杯，許多痰粒子飛了進去，但她卻壓根沒察覺，依舊相當美味似地喝著杯中的紅茶。

課長毫無自覺自己幹了什麼好事，裝出忙著閱覽文件的模樣，但就在他的視線不經意掠過我身後的瞬間，他突地站了起來。

出現在我身後的是常務，他是個非常注重門面的人。

---

*1大入道，日本傳說中的妖怪，爲體形巨大的僧人，據說見到他的人都會生病。

「這次社內高爾夫大賽的統籌是你吧？那天我剛好有事不方便出席，先跟你告個假嘍。」

課長站得直挺挺地回話，他的西裝與臉龐依舊是黃褐色的。

這時，我發現我眼中的常務也有些不一樣，他白色上衣的胸口一帶飄浮著淡藍色的粒子，似乎是古龍水，我不禁轉頭看向貴美子，她頸子圍繞的藍色霧靄正與這款古龍水的顏色一模一樣。看著她豎起耳朵聆聽著常務與課長的對話，我想常務之所以無法出席高爾夫大賽，很可能就是爲了空出時間與愛人幽會吧。

「久了、習慣了之後，自有它的樂趣在，而且常會幫上你的忙哦。」——我想起老爸曾這麼說過我的這種超能力。

3

「騙人的吧——？咦——？我不相信——！眞的假的啊——？」聽完我的一番話，由美發出各式各樣的驚歎。我和她正在義大利餐廳用餐。

「是眞的。我自己也嚇壞了，做夢都想不到會變成這樣。」

「哇——！太不可思議了——！」由美頻頻眨眼。她的頸子一帶宛如土星環繞著一圈淡粉紅的氤氳，我察覺那可能是香水，也就是說，她應該是在約會前噴了才過來的吧。

我的特殊能力似乎愈來愈強了，到今天早上還只是看得見煙粒子，現在我已經能夠清楚分辨空氣中所存在的不純氣體爲何物了。

料理送上桌來，侍者替我們的酒杯斟紅酒，這時我從上衣口袋拿出剛買的無度數眼鏡戴上。

「只要戴上這個，透過鏡片看到的景象就一切正常了。」我說。

由美卻臉色一沉。

「這樣我好像在和陌生人吃飯，感覺很怪耶。和我在一起的時候不要戴啦。」

「咦？會覺得怪喔？」我摘下了眼鏡。

送上桌的料理飄散出大量的水蒸氣，還有各個食材的氣味、油、調味料等等的微粒子，因此映在我眼前是一桌子的雲氣，而且從紅酒杯似乎正咻咻地迅速冒出某種物質，我一察覺那是酒精成分，連忙拿起酒杯喝了一大口。接著我望向周圍，頓時掃興不已，因爲我發現四下的空氣中竟飛舞著無數的塵埃，甚至落到桌面那些美味的料理上頭。這些塵埃來自四面八方，店內牆壁、天花板、地面、人們的頭髮、服裝，全都是塵埃的源頭，連侍者筆挺的制服看在我眼裡也宛如流浪漢的髒衣服。

「不行。再看下去，我會完全吃不下東西了。」我說著又戴上了眼鏡。

我把我剛才看到的景象描述給一臉訝異的由美聽，她聽完，也顯得毫無食慾了。

「你的意思是，我們平常就是在這麼骯髒的環境中吃東西？」

「只要沒看到就算了啦。」我雖這麼說，握著叉子的手卻遲遲無法伸向食物，因爲剛才的光景已經烙印在我腦子裡了。

從那天起，我便再也離不開眼鏡，不止吃飯的時候戴著，由於周遭不斷發出的氣體、霧靄等等一直干擾著我，我變成無論做任何事都戴著眼鏡，而本來不喜歡我戴眼鏡的由美，看久似乎也習慣了，還會稱讚我說「你戴起來還滿好看的呢」。

可是某天早上，我走出公司電梯時一個不小心讓眼鏡掉到地上，鏡片當場破掉。我本來就不是因爲近視才戴眼鏡，身上當然沒有備用的，看樣子只能忍耐著撐過沒有眼鏡的一天了。

然而當我望向許久不曾以裸眼直視的世界時，登時目瞪口呆，因爲四周充斥著不知名的氣體，所有叫得出名稱的物質都或多或少散發出某種粒子。人們一邊移動，身上穿的、手上拿的一邊冒出莫名氤氳，而髒污不堪的空氣就這麼經由人們的口鼻、皮膚吸進了體內；每個人的頭髮也紛紛飄出含有種種成分的霧靄，尤其是女性的臉龐，更是散發出五顏六色的霞氣。

我小心翼翼地一步步走向自己的辦公桌，雖然我也想走快一點，但眼前始終飄著各式各樣的雲霧，我連路都看不清楚了。

回到座位，課長正對著電話嚷嚷，從他口中傳出的吐息是淺褐色的，我當下便知道，他昨晚一定吃了大蒜。

課長呼出的氣息在空中擴散，隨著空調送出的空氣開始飄移。我連忙從座位站起身閃過，然而我對面的鈴木貴美子仍在位子上坐得好好的盯著電腦，一副正在深思的模樣。課長的氣息抵達了她的座位，她瞬間露出痛苦的神情皺起了眉，緊接著以厭惡的眼神環視四周，確定臭味來源是課長時，她毫不掩飾地捏起鼻子站了起來。

課長的大蒜氣息繼續緩緩飄移，朝其他同事攻去，大家逐一露出不悅的神情。從大家的表情看來，離課長愈遠的座位，臭氣的濃度就愈淡。而課長卻完全沒察覺屬下們正露骨地瞪著自己，依舊不慌不忙地講他的電話。

一名女同事從抽屜拿出噴霧罐，朝空中一噴，似乎是芳香劑，她身邊的人紛紛暗中鼓掌叫好。

芳香劑的噴霧迅速擴散，我也吸到了，甜甜的香氣在鼻腔中蔓延，然而那個氣體在我眼中，呈現的是帶有毒性的粉紅色。同事們吸進了那粉紅香氣，露出滿足的笑容。

午休時間一到，我上到屋頂去。上班的日子，在這兒享用由美親手爲我做的便當，就是一天中最開心的事了。而且無論天氣再冷，我還是會跑來屋頂用餐，這是有原因的，因爲我覺得這兒的空氣多少比室內的要乾淨一些。

我和由美在屋頂唯一的一張長椅上並肩坐下，她拿出一個橘色塑膠便當盒。

「來，今天是包了明太子的特製飯糰哦！」她打開便當蓋，將便當內容物亮在我面前。

「哇！看起來好好吃哦……」

我正要拿起飯糰，突然停下了手。

因爲整粒飯糰竟然染著薄薄的一層橘色，我很快就明白那是什麼了，正是塑膠便當盒的成分微量揮發沾附到飯糰上頭，而且不用說，由美是看不到的。

「怎麼了？我捏得很醜嗎？害你沒食慾？」由美一臉不安地問我。

「沒事沒事，一看就知道很好吃呀！那我開動嘍。」說著我抓起飯糰，盡量別開視線大口咬下去。飯糰非常好吃，和平常一樣美味。

「喔，差點忘了，還有茶哦。」

由美拿出水壺，那是和便當盒成套的水壺，我有股不好的預感。

她將熱茶倒入白色的塑膠杯裡遞了過來，「喏，給你。」

「嗯，謝謝。」我拿過杯子朝杯裡一看。

不出所料，在我眼中，那是一杯混了白色塑膠揮發成分的白濁的茶。

我閉上眼，咕嘟一口喝掉了茶。這很平常，沒事。要是戴著眼鏡，我一樣是毫不知情地吞下肚的，沒問題的。證據就是，味道和平常一模一樣，沒有怪味，不是嗎？——我在內心如此告訴自己。

「好喝嗎？」由美問道。

「嗯，好喝，和平常一樣好喝呢。」我繼續吃下混了塑膠揮發成分的午餐。

4

隔天是星期六，我陪由美前往都內某所小學參觀她姪女的合唱表演。

「那所學校是新落成的，聽說非常漂亮哦。」由美興奮地說道。

我們來到校門口，一如她所說，確實是美侖美奐的一所學校，外牆白得炫目。我和她走向舉辦合唱表演的體育館。

之前聽由美說，今天是全校兒童都會上臺的合唱表演，但不知爲何，現場來參觀的家長人數並不多，我問由美原因，她偏起頭回道：

「我也是聽來的，好像很多小孩子以身體不適爲由請假了，可是又不是流行性感冒，甚至有人在猜是不是由於這所學校的教育水準太高，有些小孩子學習方面跟不上其他同學而不想來上課，因爲啊，聽說那些請假在家的小孩子都精神好得很呢。還有一些小孩子一翻開教科書就說頭痛，所以一定是心病啦。」

我聽了由美這麼說，也覺得不無可能。

「我去一下廁所。」說完後，我走出體育館。

由於所有人都跑去體育館了，校舍內一片空蕩蕩的，看來擅自走動觀摩應該不至於被制止，於是我走上校舍階梯，邊走邊摘下了眼鏡。

而於此同時，我的眼前一片灰濛。

嚴格來說，並不是灰色的，而是各種色彩混合而成的灰暗顏色，我定睛仔細一瞧，包括紅色、藍色、黑色、橙色等繽紛的氣體分子全混在空氣中。

走廊是最近少見的鋪木地板，顯然上過了蠟，然而地面的蠟卻湧出灰色氣態物質，我想起曾聽說地板亮光蠟其實是含有有機磷劑的。

而牆面與天花板也微微地釋放出氣態物質，是我先前曾見過的甲醛氣體。

我打開某間教室的門一看，教室內同樣充斥著蠟的氣態揮發，而且不止如此，課桌椅表面的塗料也不斷地朝空中散發出揮發劑粒子；牆上的課表也冒出氣體，原來是以麥克筆寫下的字內含的溶劑揮發的關係。

看到講桌上有一本國語課本，我拿了起來想翻閱。

沒想到一翻開書頁，印刷油墨的氣態揮發便迎面襲來，油墨的臭味刺激著我的鼻腔，我不禁想起自己的小學時代，每當翻開新教科書，這種撲鼻的油墨氣味總是讓我雀躍不已。

不，我不該沉浸在懷舊情緒中的，由美方才的話又浮現腦海——「還有一些小孩子一翻開教科書就說頭痛。」

我走出教室，走進前方的廁所，發現裡頭有一處正拚命冒出七彩的蒸氣，我湊過去一看，那兒正吊著一個芳香除臭劑。

我走出校舍，朝花圃方向前進，因爲我發現那一區正飄著詭異的氣體，走近一看馬上就曉得源頭爲何了，正是花圃內遍灑的除草劑。

「你在幹嘛啦，上個廁所怎麼上那麼久！」我一回到體育館，由美氣呼呼地質問我。她幾乎全身散發著化學物質，指甲塗得紅紅的十隻手指頭也不斷冒出揮發氣體。

「抱歉抱歉。」我說著戴上了眼鏡。

整場合唱表演氣氛並沒有預期中的熱烈，一方面如由美所說，許多小孩子都缺席了，而出場的小孩子看上去也不大有精神，彷彿被什麼吸走了精氣。

「對不起，今天這場表演好像沒有很盡興呢。」回家的路上，由美向我道歉。

「沒事啦，別放心上，而且託今天這趟的福，我才能大開眼界呢。」

「大開眼界？你看到什麼了嗎？」

「嗯，很多東西嘍。」

「是喔。」緊接著，由美連打了兩個噴嚏，只見她緊緊按著鼻子說：「慘了……」

「怎麼了？」

「每年都會報到的又開始了，春天也快來了吧。」

「啊。」

我摘下眼鏡。

黃色的煙正逐漸掩上整個城鎮，宛如海嘯般席捲而來，黃煙鋪天蓋地從天而降。

黃色粒子經過我的眼前朝由美飄去，我眼睜睜看著她將小粒子吸進鼻腔裡。

「哈啾、啾、啾！」由美連連打著噴嚏，眼淚也流了出來。

「妳還好吧？」

「好個頭啦！」

不過個性總是未雨綢繆的由美，皮包裡當然有口罩，她拿出來戴上遮住口鼻之後，再戴了透明蛙鏡。

「討人厭的花粉！快點消失吧！」由美兩眼水汪汪地說道。

只有花粉會害妳過敏，妳就該慶幸了。——我在心中如此低喃，一邊戴上了眼鏡。接著我不禁心想，看樣子以後也來固定戴口罩好了，當然，不只是爲了擋花粉用。

我忽然想起，過世的爺爺也總是口罩不離身呢。

萬人迷噴劑

1

再不久就是午休時間了，貴志正在屋頂上等待可能是這輩子最重要的回覆。眼前站著庶務課的步美，是他約她出來的。

貴志凝視著步美的雙脣。數十秒前，他對步美提出交往要求，但步美似乎並不訝異，一方面是之前就多少察覺他的心意，再者被約來這種地方說有事要談，通常不外乎是要告白吧。

步美臉上沒有驚訝的神情，但也不見愉悅的笑容，她只是垂下眼，似乎在思量著什麼。好一會兒，她終於抬起臉開口了，而從她口中吐出的話語，對貴志而言宛如悲劇，不過卻是他預料中的內容。

她說，很抱歉。

「我並不討厭川島先生，但若要交往……，很抱歉，我沒辦法想像和你談戀愛的自己會是什麼模樣。嗯，所以，我們還是像平常一樣當好同事就好，好嗎？」

「可是……，那我們先從當朋友開始試試看呢？」貴志緊咬不放。

步美笑了。

「我們本來就是朋友了呀，下次不妨和大家一起約出去玩吧。嗯，那我先回辦公室嘍。」說完她一個轉身便離去了。

沒多久，午休時間的鐘聲響起。漫長的鐘聲中，貴志只是愣愣地呆立原地，一動也不動。

回到辦公室，同事似乎都出去用餐了，四下空無一人。他回到自己的座位上，開著的電腦仍連著網路，畫面上顯示某個健康食品的搜尋結果。

他嘆了口氣，正打算關掉電腦電源，突地改變心意，在搜尋欄位上輸入如下的文字——

沒人愛

他很清楚，即使以這個關鍵字在網路上搜尋，也不可能改變任何現狀，但是他無論如何都想發洩這無處可去的悲哀，何況這種事又不好對外人說，那至少，在電腦上打出來總行吧。

按下搜尋鍵後，過了幾秒，畫面上出現的搜尋結果不出所料，都是些無法安慰他受傷的心的內容，不認識的某人的日記、網路留言板上不負責任的對話、怎麼看都像是騙人的開運商品廣告，全是這類訊息。

他心想，這也難怪。讓女孩子爲自己神魂顛倒乃是全世界男性的夢想，但正因爲無能爲力，這些沒人愛的人才會在網路日記或留言板上吐苦水，也才會祈求神明的幫忙吧。

爲什麼呢？爲什麼自己沒人愛呢？他覺得自己外表並不特別糟，對待女孩子也很溫柔，但每次只要提出交往，對方一定當場拒絕，他長這麼大從沒告白成功過。

我到底哪裡不夠好呢？——他忍不住紅了眼眶。

貴志有一看沒一看地瀏覽著搜尋結果，視線突然停在一段文字上頭：

「有些男性，無論再怎麼努力也沒人愛。明明個性與長相都還過得去，爲什麼就是沒人愛呢？爲什麼告白後總會得到對方的一句：『我們還是當朋友就好』呢？經過本研究中心深入探討分析，終於找到了答案……」

貴志心想，這一看就是瞎掰的吧。然而，他卻不禁在意了起來，原因就在於文中那句「爲什麼告白後總會得到對方的一句：『我們還是當朋友就好』呢？」這正是他長年以來一直得不到解答的疑惑。

貴志於是點進該研究中心的網站首頁，迎面出現了一堆「人類愛正常化研究中心」字樣，感覺更可疑了，但他還是打開了「所長的話」的頁面，上頭寫著：

「戀愛到底是什麼？人爲什麼會愛上另一個人呢？這些問題的答案，出乎意料地簡單，簡言之就是——人類是爲了繁衍進化而存在。一個人之所以被另一個人吸引，其實是期待著從對方身上獲得某樣看不見的東西。那東西並不是精神性的意念或思想，而是能夠清楚地以科學說明的實體物質。換句話說，只要能夠掌控這個物質，就極有可能抓住心儀對象的心。正在閱讀本篇文章的你，如果也正爲此煩惱，請務必前來本中心談一談。地址是……」

電腦前的貴志不禁哼了一聲。寫得很像那麼回事，但到頭來一樣是要拐人去買奇怪的開運商品嘛。然而他雖然心存懷疑，還是抄下了研究中心的地址，因爲那兒離他的住處沒有幾步路。

2

那是一戶比貴志的住處還要老舊骯髒的公寓住家，大門旁貼著一張紙，以奇異筆寫著「人類愛正常化研究中心」。

還是算了吧。貴志正想打道回府，門打了開來，出現一名骨瘦如柴的老先生。

「你是來參觀的吧？」老先生說：「請進來吧。」

「呃，不是，我……」

「不用隱瞞啦，你全身都散發出沒人愛氣場呢。」

「沒人愛氣場？」貴志不禁動了怒氣，「會嗎？我又不是完全沒人愛……」

「不必逞強啦，我看你長得又不醜，那肯定是遇到那個問題啦，每次每次告白，都被對方回一句『我們還是當朋友就好』，對吧！」

貴志當場身子一縮，「你怎麼知道？」

「我當然知道，你以爲我研究這門學問幾年了？好啦，先進來再說吧。」老先生催促著。

貴志踏進屋內一看，驚愕不已。巨大的實驗桌上頭，擺著各式各樣的實驗器材與藥品，周圍則是成排複雜的電子儀器。

「你怎麼找來這裡的？」老先生問道。

「呃，就是……看到你們中心的網站。」

聽到貴志的回答，老先生睜圓了眼。

「什麼？你是看了那網站過來的？哇，你居然會相信上面寫的東西，看樣子你眞的是走投無路了啊。」

「不……，也不是這麼說啦，我是覺得滿有意思的，而且……又離我家很近啊……」

「不用找藉口啦。我之所以沒在網站上公布具體的研究成果，就是想擋掉一些只是想湊熱鬧的無聊人士，而且一如我所預期，果然吸引到像你這樣優秀的人才了！你的沒人愛氣場簡直就是冠軍級的呀！」

「請問……你說的沒人愛氣場是什麼啊？」

「嗯，我來解釋給你聽。」老先生清了清喉嚨之後說道：「你聽過ＭＨＣ（*1）嗎？」

「沒聽過。」

「又稱作『主要組織相容性複合基因』，也就是存在於白血球內製造蛋白質的基因複合體。而這個MHC可說就像指紋一樣，每個人身上所帶的MHC都不盡相同，各有各的特徵，但有些人的MHC是類似的。到這裡還聽得懂嗎？」

「聽得懂。」

「其實這個MHC主要反應出人體對抗疾病的免疫力面相，因此如果結了婚的男女雙方的免疫力呈現互補狀態，就代表他們能夠生出擁有較優秀生存本能的小孩。相對地，若男女雙方的免疫力是相似的，他們的下一代身上的免疫力也就不大可能有所進化，而這代表了什麼意義，你明白嗎？」

貴志搖了搖頭。

「人類的本能之一就是繁衍出更優秀的下一代，因此下意識會受到與自己擁有截然不同樣貌MHC的異性吸引，這就是爲什麼MHC常被稱爲是『戀愛基因』的由來。這個理論已經得到實驗證實了，也就是說，如果你愛上了某人，也希望對方能愛上你，很簡單，只要你身上擁有與對方互補的MHC就成啦。」老先生指著貴志說道。

「可是，話是這麼說，一般肉眼要怎麼分辨出對方的MHC和自己的是不是互補的呢？」

*1 即major histocompatibility complex，存在於大部分脊椎動物基因組中的一個基因家族，與免疫系統密切相關。

「不是用看的，是用聞的。」老先生說著戳了戳自己的大鼻子，「ＭＨＣ有種特別的氣味，但由於不是我們一般所認知的氣味，普通人就算聞到了也沒感覺。不過，只要用我發明的這臺儀器分析，馬上就能弄清楚檢體的ＭＨＣ長什麼樣子了。」

老先生輕敲了敲身旁的一臺監視器螢幕，繼續說：

「其實呢，大門外裝了感應器，會自動檢測站在門口的人的ＭＨＣ。現在畫面上出現的資料，就是你的ＭＨＣ的分析結果。」

螢幕上顯示著一條橫線，沒有什麼起伏，幾乎呈水平狀態。

「這能看出什麼嗎？」

「你看，幾乎是一條水平線對吧？」

「是啊。」

「這條線代表了ＭＨＣ的特徵值，若檢體的特徵非常多元豐富，這條線就會呈現劇烈的起伏波動；若沒有任何特徵，就是水平狀態。換句話說，你的ＭＨＣ的特徵非常非常之少。」

「這表示……」

「你對異性來說，並不適合繁衍後代。即使和你結婚，對於你們小孩的免疫力並不會有正面的助益。」

「怎麼這樣……」貴志哭喪著臉，「沒辦法救救我嗎？」

「我就是要想辦法救你呀。首先必須分析你看中的女孩子的MHC，聽好了，盡快取得沾了那個女孩子汗水的任何東西拿過來給我，接下來就交給我吧！」老先生拍著胸脯說道。

3

一星期後，某個上班日的白天，貴志站在公司茶水間出入口，步美正在裡面。貴志做了個深呼吸之後，悄悄從懷裡取出一樣東西，那是老博士昨天交給他的一個小噴瓶。

「我從你偷來那女孩子的手帕上頭，分析出她的MHC特徵了。這個噴瓶裡裝的液體，能夠散發出與她的特徵截然不同類型之MHC的氣味。你只要把這個噴在身上，她肯定會被你吸引的。」

貴志雖然半信半疑，但不試試看也不知道有沒有效，何況博士說，由於仍是研究中的實驗性產品，所以不收他半毛錢。對他來說，就算沒效也毫無損失。

他在兩邊腋下咻咻地噴了一些藥水，沒有任何氣味。

步美走出茶水間，看到他杵在門邊，似乎嚇了一跳。

「妳好。」他試著打招呼。

「你好。」不知是否因爲上次告白的關係，步美顯得有些尷尬。

「呃，不知道妳今晚有沒有空？想找妳吃個飯。……嗯，當然是以朋友的立場邀妳的啦。」

「吃飯？你還約了誰一起呢？」

「沒有，就我和妳兩個人。」

「只有我們兩個？唔，我想還是不——」

步美話還沒說完，貴志朝她靠近了一步。博士曾忠告他：要讓對方感受到你的ＭＨＣ，就要靠對方愈近愈好。

就在這時，步美僵硬的神情突然宛如冰雪融化般露出了笑容，她乾脆地說：「也好，偶爾單獨吃個飯好像也不錯，那下班後你再叫我一聲吧。」

「好……好的。呃，方便告訴我妳的手機號碼嗎？」

「好啊。」

之前怎麼問都問不出來的手機號碼，她現在卻爽快地念給貴志聽。貴志連忙輸入自己的手機裡，內心雀躍不已。

對貴志而言，那天傍晚五點前的上班時間尤其漫長難捱。好不容易聽到下班鐘聲響起，他立刻撥電話給步美，兩人約在公司附近的咖啡店碰頭。

他走進咖啡店，步美已經到了，一臉笑盈盈地望著他，然而他才一坐下，步美的神情瞬間暗了下來。

「呃，川島先生，我想今天還是取消好了。」

「咦？爲什麼？」

「來這兒之前，我的確很期待今晚的約會，可是像現在眞的只有我和你兩個人面對面，不知怎的……我實在沒有約會的心情，很抱歉……」

貴志焦急不已，看樣子藥效已經沒了。

「請等、等一下！」他立刻起身衝向洗手間方向，一離開她的視線範圍，馬上拿出那罐小噴瓶，再次往腋下咻咻地噴了幾次，接著回到座位。「不好意思久等了。我們剛才聊到哪裡？」

「我剛剛說，我想取消今天的晚餐約會——」步美說到這，神情突然一變，原先嚴肅的眼神瞬間變得嫵媚，「——可是，既然事先答應你了……而且我也想多了解一點川島先生，我們還是去吃飯吧！你要帶我去吃什麼呢？」

「嗯，去吃妳想吃的東西嘍。」貴志說完終於安心下來，一方面也暗自嘆了口氣。

那一晚的約會，是貴志長這麼大所度過最幸福的一個夜晚。不，應該說，他根本從沒體驗過如此順遂的約會，整個過程都依照他的計畫進行，事先準備的話題也逗得步美好開心，兩人聊了許許多多，步美還一臉陶醉地凝望著他。

當然，這全是藥的功勞，證據就是，每當藥效快沒了的時候，步美的態度就會丕變。

「川島先生……，非常謝謝你今晚的招待，不過我想我們這是最後一次約會了。很抱歉，我還是沒辦法把川島先生當成男朋友看待——」

每當這種話語一冒出來，就代表了警訊，貴志就會匆忙離席，補噴藥劑後再回到座位，步美又會恢復笑臉迎接他。

「——對不起，我不知道自己爲什麼會說出那種話，和你在一起，明明是這麼地開心……。請你忘掉剛才的事吧。」

「沒事的，我完全沒放心上。」貴志笑著回道，背脊卻不停冒著冷汗。

這狀況發生了數次，每次貴志都趕忙衝去補噴藥水，因此噴瓶裡的藥水很快便所剩無幾。兩人最後來到一間酒吧，貴志始終提心吊膽的，不曉得步美什麼時候會轉頭就走。雖然他最終的夢想是帶她上飯店，那一晚終究是沒能如願。

4

第二天，貴志又來到研究中心。這種藥水已經確認是有效的了，貴志今天來是向博士拿更大瓶的噴劑。

「我明白了。不過有點奇怪耶，藥效應該能持續更久的時間才對呀？」博士一臉納悶。

「可是她的態度眞的很快就變了，這麼小瓶的藥量根本撐不到上飯店。」

「是喔，那很可惜啊。好吧，我這次弄大瓶一點給你。」博士拿出的是將近殺蟲劑尺寸的噴瓶。

貴志看到大噴瓶，頓時安心不少，胯下也開始蠢蠢欲動。

又到了星期六，貴志迎向他的第二次約會。和步美約在咖啡店碰頭後，貴志順從步美的要求，兩人前往遊樂園共度歡樂時光。

酷暑之中，即使站著不動，汗也不停冒出來。不知是否這個原因，藥效持續的時間更短了。兩人排隊等著搭乘雲霄飛車的時候，貴志頻頻拿出噴瓶補充藥劑。

「嗳，你爲什麼一直在噴制汗噴霧啊？」步美也不禁問道。因爲噴瓶實在太大瓶，貴志只能裝在包包裡背在身上，要藏也沒地方藏。

「呃，因爲我很容易出汗嘛。」貴志邊回答邊往腋下咻咻地噴藥劑。

「是喔。不過聞起來不知怎的覺得很舒服呢。」

「是嗎？」

「嗯，會上癮呢。」步美說著挽上他的手臂。這下貴志色迷迷的滿足神情完全收不回來，胯下也始終鼓脹著。

然而過了十五分鐘，步美很突然地鬆開手，冷冷地對他說：

「我們還是當朋友就好了，我覺得隨口答應和你約會是很不應該的一件事。」

「等等，妳再考慮一下好嗎？」

貴志往腋下一噴上藥劑，她的態度又是一百八十度大轉變。

「說的也是，應該多考慮一下喔，因爲人家真的好喜歡你嘛。」

不知是否多心，貴志覺得藥效持續時間愈來愈短了。兩人離開遊樂園，貴志急忙帶她去吃飯，用完餐後三步併作兩步衝去酒吧喝酒，等她有些醉意之後，貴志便鼓起勇氣約她上飯店，而當然，在開口前，他噴了比之前還要大量的噴劑在身上。

步美紅著臉點頭了。

來到飯店房間，步美說想先沖個澡。貴志很想趁藥效還沒退的時候擁抱她，但又不可能叫她別洗了直接來，只好帶著懇求的語氣對她說：「那妳洗快一點哦。」而在等待的這段時間裡，貴志依然頻頻地往身上噴噴劑。

終於出浴的步美全身只圍著一條浴巾，粉色的肌膚香豔誘人，貴志登時血沖腦門，整個人就要撲了上去。

「等一下，你也去沖個澡嘛。」

「咦？我不用了啦。」

「不要嘛，這是我們值得紀念的一夜，我想要兩個人都乾乾淨淨的再相擁，而且你今天不是流了很多汗嗎？」

貴志想起自己說過他很會流汗，這下也只能繼續圓謊了，於是他心不甘情不願地進了浴室。只要香皀一洗，蓮蓬頭一沖，剛才拚命噴的藥劑全都付諸流水了，但要是等一下出去身上沒有香皀的味道，步美也會起疑吧。

貴志哭喪著臉沖完澡後，又拿出噴瓶補藥，但他才噴沒兩下，就聽見噴瓶傳出噗嘶噗嘶的可笑聲響。

不會吧！別這樣！——貴志心中吶喊著，但噴瓶就是如此無情地再也噴不出一滴藥劑來。

他火速衝出浴室，步美已經躺在被窩裡了，他一溜煙地上床貼上她的身軀。

「把燈關了。」步美悄聲說道。

「嗯。」貴志點點頭，關掉床頭燈，心中暗自祈求著，拜託，請千萬讓藥效撐到完事吧！

「步美，我愛妳……」他大膽地說出了從沒能說出口的話，因爲他焦急不已，早一分一秒也好，他得趕快達到目的才行。

「謝謝……」黑暗中，聽見步美的聲音，「我也好愛你……」

「步美……」貴志轉身面向她，一伸手，傳來柔軟的觸感，是她的香肩吧，貴志一個使勁將她拉近身，「我……我……」呼吸愈來愈紊亂。

「對不起。」就在下一秒，話聲從他頭上傳來，「我今晚眞的沒辦法，明明剛剛是下定決心的……。眞的很抱歉，下次吧。」

步美迅速地穿好衣服，拋下目瞪口呆的貴志揚長而去。

過了好幾秒之後，貴志才發現自己拉過來緊緊抱著的是枕頭。

5

「調查結果出來了，發現一件相當驚人的事。」博士語氣平淡地說道：「簡單講就是，你的ＭＨＣ太強了。」

「什麼意思？」

「我研發的藥能夠讓她受到你的吸引，但是效果有限。一旦遇上像你這種本身ＭＨＣ氣味非常強的人，我的藥是無法完全掩蓋過去的。加上你又過量使用噴劑，她也開始產生了抗藥性。很遺憾，我必須告訴你，那個藥遲早會完全無效的。」

「那我該怎麼辦？」

貴志都快哭出來了，但博士只是搖了搖頭。

「不能怎麼辦吶。哎喲，你也成功約會了幾次，這樣不就很足夠了嗎？」

「你怎麼能講這種不負責任的話！」貴志一把抓住博士的衣領。

「我不……不能呼吸了……。但是沒辦法呀，要怪只能怪你的ＭＨＣ眞的太強了。」

「藥拿來！把剩下的藥全部給我！」

「你都拿去啊，只不過我剛才也說了，那個藥很快就會完全失效的。」

「無所謂，我會拚到最後一分一秒給你看！」

「我是不建議啦……」博士說著從櫥子下方拿出一個兩公升的寶特瓶液體，「這就是全部了。」

貴志雙手抱起那瓶藥劑，喃喃地再度說道：「我會拚到最後一分一秒給你看的！」

6

步美看到貴志，不禁睜大了眼，「發生什麼事了，你怎麼這身打扮？」

「嗯，因爲一些原因。」貴志說：「看起來很怪嗎？」

「唔，是還好啦。」她含糊地應道。

貴志一身西裝，背著雙肩背包，裡面裝的東西不用說，正是那瓶寶特瓶藥劑，連著瓶口的導管直接通到他的腋下隨時補充藥劑，因爲他曉得頻頻補噴的藥效已經無法滿足他的需求了，於是發明了這樣的裝備，不間斷補充劑量。

「我借了車子，一起去兜風吧？」

聽到他這麼說，步美開心地交抱雙臂。

「我啊，和朋友炫耀說我交了很棒的男朋友哦。」她坐在副駕駛座，面帶羞澀地說道。

「咦？男朋友……是誰？」

「哎喲，你幹嘛明知故問啦。」她說著捏了一把貴志的大腿。

貴志不禁興奮得脹紅了臉，這是他前所未有的體驗。能夠和這麼可愛的女孩子約會，還以男女朋友相稱，簡直像在做夢一樣。

不，他告訴自己，這正是一場夢境。只要藥劑用完，她就不會再愛我了。就算藥劑還有剩，遲早也會完全失去藥效。

兜風之後，兩人在餐廳用過餐，便前往保齡球館。貴志即使在投球時，背包仍背在背上，步美雖然覺得奇怪，卻沒多問什麼。看她一臉沉浸在幸福中的模樣，貴志當然也覺得自己好幸福。

兩人離開保齡球館後，貴志帶著步美來到港邊，兩人坐在長椅上眺望著夜晚的海洋。

「今天眞的好充實，玩得好開心哦。」步美說道。

「我也很開心吶。」貴志雖然這麼說，內心卻陷入深深的絕望，因爲他察覺腋下不再有著溼潤的感覺，藥終於用完了。

「能夠認識你，我眞的很幸福。」

聽到步美這句話，貴志胸中激動不已，他同時下定了決心。

「步美，我有一件事必須向妳坦白。」

「什麼事？」步美面露不安，眨著眼看向他。

「其實呢……」他吞了口口水之後，將整件事的來龍去脈全告訴了步美，包括他從一位怪博士手中取得藥劑，而自己又是如何透過藥效讓步美對他抱有好感，說到最後，他從背包拿出空保特瓶讓她看。

貴志以爲步美會大爲震驚或是生氣，沒想到她竟然笑了出來。

「怎麼可能有那種事，你說我的這份心意都是藥的作用？貴志先生，你別逗我了啦——」

「不，我說的都是眞的。多虧了藥劑，妳才會喜歡上我，而這個藥效也撐不了多久了，所以我想至少在最後，能夠全部向妳坦白。」

「你是開玩笑的吧？」

「我是認眞的。我多希望這一切都是玩笑啊。」貴志不知何時已淚流滿面。

看到貴志這副模樣，步美也斂起了笑容，她知道貴志不是在開玩笑了。

「是眞的嗎？」

「嗯……」他垂下了頭。

步美用力地搖了搖頭說：

「我不相信。不，我相信你說的是眞的，但是我絕對不相信我現在的心情是受到藥的擺弄，因爲我事實上就是這麼地在意著你啊！」

「步美……」貴志凝望著她的雙眼。

「一開始或許眞的是因爲藥效的關係，但是我現在的心情是毫無虛假的，我喜歡你，相信我好嗎？」

貴志看到她眼中閃爍著眞摯的光輝，胸口充滿難以言喻的喜悅。如果在沒有藥的狀況下，她依然愛著我，我的一生夫復何求啊！

他攬上她的肩，一把將她拉近自己，望著她的脣，自己的脣也緩緩湊過去。

「我喜歡你。」她說。

「嗯，謝謝。」貴志的臉更靠近她了。

「我對你的心意永遠不會改變。」

「我也是。」

「永遠、永遠哦。」步美說：「你永遠都是我最珍惜的朋友。」

「咦？」

頭。

「我們的友誼絕對是毫無虛假的，我們永遠都要當好朋友哦。」她說著用力地點了個

7

和步美道別後，貴志搖搖晃晃地走向博士的公寓，雖然美好時光很短暫，但他還是想對博士道聲謝。

來到門口，他發現屋內傳出奇妙的喧鬧聲，仔細一聽，似乎是博士正開心地唱著歌。

貴志打開門，只見博士拎著整瓶日本酒，一個人喝得很樂。

「喔，你來啦。怎麼一臉失魂落魄的呢？來來來，先喝一杯再說吧！我們來乾杯！」博士醉得話都講不清楚，雙眼也迷迷濛濛的。

「你遇上什麼好事了嗎？」

「才不是遇上不遇上呢！是我終於辦到了！我研究出暢銷商品了！」

「什麼東西？是我之前用的萬人迷噴劑嗎？」

聽貴志這麼說，博士大大地搖著手。

「比起那種東西，我啊，想到了更吸引人的產品啦！你看這個。」博士指向電腦螢幕，畫面上正開著「人類愛正常化研究中心」的網站首頁，上頭多了一段宣傳文字：

「正在爲丈夫或男友的花心傷透腦筋的妳，請看過來！革命性的藥物終於問世，藥名就叫做『沒人愛噴劑』！只要將此噴劑咻咻地噴在妳先生或是男友身上，馬上搞定，從此不必擔心心愛的他偷腥或劈腿，保證沒有任何女人會愛上妳的他！本研究中心備有試用品，歡迎索取，請聯絡——」

「這是什麼？怎麼回事？」貴志問博士。

「就是上頭所寫的啊。試用品一發出去，反應超級熱烈，光是今天一天就收到了一大堆訂單啊！太好了，我終於可以告別貧窮生活了！」

「那個『沒人愛噴劑』，該不會是……」

「正是，你猜對了！」博士說：「就是從你的MHC提煉出來的物質。你的沒人愛體質實在是太無敵了，所以啊，我就動動腦筋逆向思考了一下。哎呀呀，你眞的是太優秀了，我見過無數個沒人愛的男性，從沒有像你這樣的。強！太強了！你的沒人愛氣場無人能比啊！麻煩你繼續告白失敗下去吧，讓你的沒人愛氣場愈練愈堅強吧！加油！貴志！加油，King of沒人愛！沒人愛萬萬歲！祝福你的沒人愛！讓我們和沒人愛一起——」

貴志一拳將博士打倒在地。

灰姑娘白夜行

1

「喂！我這件禮服的裙襬怎麼還是綻線的！我不是叫妳先幫我縫好嗎？在發什麼愣啊！」

大姊尖銳的聲音迴蕩著，雖然她的大呼小叫已是家常便飯，在庭院劈柴的男僕還是嚇了一跳，抬起頭望向屋內。

「眞的很抱歉，姊姊，我馬上處理。」連聲道歉的是么女仙杜麗拉。這齣戲碼，男僕已經看到不想看了。

「不必了，我要穿別件。眞是的，一點用處也沒有的傢伙。」氣呼呼的大女兒打算脫下禮服，但由於之前是硬將她那肥胖的身軀塞進禮服裡，這會兒反而是拉鍊拉不下來，布料再也撐不住壓力，終於劈啪一聲裂了開來。

「啊呀！都怪妳！都是妳害的啦！」

「對不起，對不起。」

「仙杜麗拉，我的鞋妳擦好了吧？」繼母開口了，「要是妳沒弄好，我可是饒不了妳哦。」

「鞋子已經準備好了，母親大人。」

「啊——，我沒有項鍊可以搭這件禮服耶，怎麼辦？」二女兒嚷嚷著，「對了，仙杜麗拉，妳不是有一條很不錯的項鍊嗎？拿來吧。」

「呃……，可是那是媽媽的遺物……」

「少囉嗦，我叫妳拿來，快點拿來就對了。」

「可是……」

「不准回嘴！」繼母與兩個姊姊異口同聲地罵了出聲，仙杜麗拉噙著淚水，悄聲應了聲：「是。」走出了更衣間。

男僕離開窗邊，搖著頭嘆了口氣。這幾個人的對話總是這樣，不知要持續到何年何日。老爺也眞是的，爲什麼哪種女人不好挑，偏偏找了這個女人來當繼室呢？不但度量小、個性差，還帶著兩個又醜又笨的拖油瓶。要說這樁再婚的唯一好處，大概就是錢的方面幫了這個家大忙吧。新夫人嫁進來之前是知名放高利貸的，據說她因此成了暴發戶。

男僕心想，果然還是因爲錢才結婚的吧？仙杜麗拉的父親出身貴族，卻毫無收入，一直以來吃喝花用的都是祖先的遺產，而再多的資產，光出不入也會有見底的一天，這個家終於到了不得不變賣土地與房子的地步。

就在那時，這位惡女丹達拉出現了，她雖然擁有大筆財產，卻非貴族出身，這件事似乎一直是她心頭的陰影，於是她看上了仙杜麗拉的父親，簡單講就是，她想要得到貴族的頭銜。

然而這椿互利婚姻的犧牲者卻是仙杜麗拉。由於多虧了嫁進門的繼母與兩個姊姊，仙杜麗拉與老爺才有飯吃，三個女人都把仙杜麗拉當作僕人般使喚；而仙杜麗拉也一直忍氣吞聲，似乎是不想惹繼母與姊姊不開心，害得父親難做人。而這一切，老爺也不是沒看在眼裡，但大少爺出身、毫無生活能力的他要是與這個妻子離婚，一定是活不下去的，所以他也無法對進門的妻女有任何微辭，仙杜麗拉受的苦，他也只能繼續視而不見下去。

繼母與兩個姊姊穿著一點也不適合她們的華麗禮服，搭上馬車外出了。今夜城內似乎又有宴會，而想當然耳，仙杜麗拉得留下負責看家。

仙杜麗拉目送一行三人遠去，身後傳來男僕的聲音：「大小姐。」

她回過頭，望著他微微一笑，「柴劈完了嗎？辛苦了。幫你沖杯茶吧？」

「不了，您別忙。大小姐，我不懂，爲什麼您要對她們言聽計從呢？大小姐您才是這個家名正言順的繼承人吧？我覺得您應該和老爺好好談一談，讓老爺說說她們才是。」

聽到男僕這話，仙杜麗拉臉上閃過一絲悲傷，但旋即恢復笑臉說道：

「我不想讓爸爸操心，你也不要在爸爸面前說三道四，知道嗎？還有，今晚能夠再麻煩你幫忙看家嗎？」

「那當然沒問題。大小姐，您又要去打工了？」

「是啊，我也得幫家裡賺點錢才行。」
「唉，要是老爺能多少幫忙家計，大小姐您就不必這麼辛苦了啊。」
「我不是教你別說這種話嗎？」
仙杜麗拉的語氣雖溫柔，話卻說得斬釘截鐵，男僕也無法再說什麼了，因爲他很清楚，仙杜麗拉其實是個內心極爲堅強的女性。

2

這是一間高級服飾精品店，除了禮服與首飾，還經手所有高價精品，最近甚至增加了豪華馬車的租賃業務，換句話說，這完全是一間專攻貴族客層的高級店鋪。
晚上八點三十分，蘿美樂來到店鋪後方敲了敲後門，門靜悄悄地打開來。門內等著她的是仙杜麗拉。
「辛苦妳了。不好意思，每次都麻煩妳。」仙杜麗拉說道。
蘿美樂搖了搖頭說：
「該道謝的是我，真的很謝謝妳的幫忙。」
「如果真的幫得上忙就太好了。」
仙杜麗拉催促蘿美樂進門來。這兒是店鋪的倉庫兼裁縫室，店內所販售的禮服全都出自這間小房間，裡頭還堆放了店面擺不下的首飾精品，但是這個空間卻一點也不華美，因爲那些貴氣商品都收在包裝盒裡，四下只見散放的裁縫用品與剩布，反而顯得髒亂無序。

而將這個裁縫室收拾乾淨，就是蘿美樂的工作。

「來，這是上個月的薪水。」

蘿美樂接下仙杜麗拉遞過來的薪水袋，淚水在眼眶打轉。

「仙杜麗拉，妳的大恩大德，我不知道該怎麼……」

「爲什麼要哭呢？妳付出了勞力工作，這是妳應得的酬勞呀，而且這樣妳就能幫母親買藥了吧。」

蘿美樂默默點了點頭。她很想再對仙杜麗拉好好道謝，但她曉得仙杜麗拉不喜歡她一直把感謝掛在嘴上，所以她什麼也沒說。

打掃裁縫室原本是仙杜麗拉的工作，當她得知蘿美樂沒有工作又需要錢時，便瞞著店老闆，私下將這份工讓給了蘿美樂。蘿美樂的母親有病在身，而且外頭謠傳是難纏的傳染病，因此沒有任何地方敢僱用蘿美樂。

於是仙杜麗拉在店老闆面前扮演打掃雇員的身分，事實上卻是由蘿美樂工作，薪水再由仙杜麗拉轉交給蘿美樂，蘿美樂的母親才能夠得到治療與生活費。

「那這裡就交給妳了，我十二點以前會回來。」

「嗯，交給我吧。妳今晚又要送東西去給客戶？」

「是啊，有個新商品，客戶說無論如何都想在今晚先看到。」仙杜麗拉說著抱起了禮服盒。將剛到店的最新商品盡早送至客戶面前讓客戶挑選，也是她的工作之一，有時商品數量較多，甚至必須調來馬車載送。

而仙杜麗拉必須趕著回店裡的原因是，十二點之後會有警衛前來店鋪巡邏，仙杜麗拉得趕回來讓蘿美樂離開才行。

「那就晚點見嘍。」說完，仙杜麗拉抱著禮服盒離開了裁縫室。

3

這個城鎮住了非常多的貴族與財閥，他們幾乎夜夜笙歌，三天兩頭舉辦大大小小的舞會或宴會，雖然大部分的上流階層人士只會出現在固定的大場子，但是當中也不乏熱中跑趴的貴族男子，他們四處玩樂的原因無他，就是爲了尋覓理想的女性。

這群跑趴貴族之間，最近話題都集中在一名神祕女子身上。

女子不定時出沒於大小舞會，總是一身高檔禮服與首飾，以精湛的舞技虜獲了無數男子的心之後，便消失得無影無蹤。貴族男子都稱她爲「面具女神」，因爲無論是不是扮裝舞會，女子總是戴著遮住眼周的舞會面具，但即使看不見全部容貌，大家都很清楚，她毫無疑問是個豔冠群芳的大美女。

面具女神今夜也現身舞會，而當然，有無數期望與她共舞一曲的男子在她身邊徘徊。

「喂，你看看那個腰部曲線，要是能得到那個女的，應該是男人最大的驕傲吧。」幾名年輕貴族男子低聲談論著。

「別傻了，只有金字塔頂端的貴族或財閥才有幸與面具女神跳上一曲，不上不下的層級，人家根本看不上眼的啦。」

「這麼說，我們這些貧窮貴公子只有在一旁流口水的份了？太悲哀了吧。話說回來，那女的到底是什麼背景呀？」

「誰曉得。有人謠傳說她是皇親國戚，也有人說是外國的公主，不過都是臆測啦，唯一能肯定的是，她的來頭絕對不小，光看她那一身超級高檔貨就曉得了。你看到她今天戴的戒指了嗎？我從沒見過那麼頂級的鑽石呢。」

「唉，反正每次見到她，只是讓我們認清自己是多麼地寒酸與微不足道罷了。……咦？又有女賓到場了。」貴族男子的視線移向會場入口，卻旋即轉爲一臉厭煩，「哎呀呀，三隻小豬蒞臨啦。」

「三隻小豬？什麼意思？」

「就是那個高利貸老太婆和她的兩個女兒。要不是和貴族結姻親，他們哪踏得進這種地方？可是就算擠進了上流社會，總覺得她們和我們格格不入，我每次看到都覺得是貴族之恥。」望著入口的貴族男子皺起了眉頭。

「喔，你是說那三個啊。你看她們那麼努力穿金戴銀，卻壓根看不出雍容華貴，一身銅臭味，俗氣得要命。啊，面具女神要撤了。」

「應該是不想和三隻小豬在同一個舞池裡跳舞吧。哎喲，面具女神一走，場子裡應該很快就沒剩幾個男人了。」

「我們也快點閃人吧，省得待會兒被小豬逮到要我們當舞伴。」

這兩名年輕貴族男子匆匆地朝出口走去。

4

這天，丹達拉與兩個女兒直到深夜才回到家裡，一進屋內，大女兒將宴會包隨手一扔。

「啊——，討厭死了，今天的舞會算什麼嘛！那個面具女前腳一離開，男人們後腳就跑光光了，太失禮了吧。」

「母親大人，下次我也來戴面具好了，搞不好男人也會像對待那個面具女一樣繞著我打轉呢！」

聽到二女兒的提案，丹達拉沒應聲，因為她知道，女兒就算戴面具也沒用，遮得了臉，又遮不了肥胖的身軀和腿。

「仙杜麗拉！喂！仙杜麗拉！跑哪兒去啦？」丹達拉大喊著。

門打開來，一身舊衣的繼女出現了，「母親大人，二位姊姊，歡迎回來。」

「我不是要妳來請安的好嗎？消夜呢？我不是交代過嗎？我們跳舞回來會餓，叫妳先準備一些吃的等著，妳倒是準備好了沒啊？」

「啊……，對不起，我現在馬上去做三明治。」

「不要在那邊東摸西摸，快點做好送過來啦。」丹達拉脫下禮服隨手一扔，一身內衣褲便坐到椅子上抽起菸來，「話說回來妳們兩個，聽說城堡舞會的事了嗎？」

「聽說了呀，是爲了讓王子殿下挑選王妃而辦的吧？」大女兒的雙眼閃耀著光芒。

「這可是千載難逢的機會，妳們兩個只要一個被選上，我可就是王妃的母親了，整個國家等同是我的囊中物呀。聽好了，妳們不管用什麼手段都要把王子給我騙到手，知道嗎？」

「母親大人，我會努力的！」二女兒雙手在胸前緊緊握拳。

望著兩個女兒，丹達拉不由得沉下了臉，因爲她很清楚，照她們現在這副德性，等個一萬年也不可能被王子選上。

「妳們兩個，明天開始天天給我去美容纖體沙龍報到，城堡舞會之前至少要減掉十公斤……不，二十公斤。」

「什麼！不可能啦！」大女兒哭喪著臉，「我最多只能減掉兩公斤啊！」

「傻孩子，只瘦兩公斤怎麼抓得住王子殿下的心呢？」

仙杜麗拉端著托盤回來了，上頭盛著一盤三明治。

「母親大人，您剛才說的是眞的嗎？王子殿下會在下次的舞會中挑選新娘……？」

「這事兒跟妳無關。」丹達拉冷冷地回道，順勢將二女兒伸向餐盤的手一把揮掉，「妳想幹什麼？我剛剛講的話是沒聽到嗎？妳們兩個從現在開始給我減肥，而且要採取最激烈的斷食減肥法，直到城堡舞會那天爲止，這段時間妳們只能喝水，任何食物通通不准碰，聽到了沒？」

「什麼！」兩個女兒聽得目瞪口呆。

「那……這些三明治呢？」大女兒問道。

「當然是給我吃的啊。喂，仙杜麗拉，妳在發什麼呆？光吃乾巴巴的三明治哪吞得下去啊，快去弄點喝的東西過來。」

「是，我馬上準備。」仙杜麗拉急忙衝回廚房。

在兩個女兒的垂涎注視下，丹達拉大口大口地吃著三明治。

5

佩特羅是個製鞋師傅，也是仙杜麗拉母親的親戚。這天來到店裡找他的，正是仙杜麗拉。

「咦？妳說什麼？要我幫妳做一雙玻璃鞋？」佩特羅不禁睜圓了眼。仙杜麗拉之前也曾向他訂製鞋子，但要求使用玻璃材質，這還是頭一遭。

「是啊，人家好想要一雙玻璃鞋哦。雖然製鞋師傅多得是，但是做得出玻璃鞋的，只有佩特羅舅舅了嘛，對吧？」

被美麗的仙杜麗拉這麼一稱讚，任誰聽了都不免飄飄然，佩特羅也不例外。

「這倒是，沒有我做不出來的鞋子啊。不過，妳爲什麼會想要玻璃鞋呢？」

仙杜麗拉睜大她那形狀姣好的雙眸回道：

「舅舅你之前不是對我說過嗎？你說我的腳很美、很小，這世界上應該沒有人能穿得了我的鞋子。可是實際上只要硬擠硬塞，還是有可能穿得進去的，像家裡那兩位姊姊，老是將她們的大腳丫塞進我的鞋子裡，而且鞋子脫下之後都變形了，根本沒辦法恢復原狀。所以舅舅，我想要一雙全世界只有我穿得進去的鞋子，剛剛好貼合我的腳形，才不會被別人穿走，所以得使用不會變形的材質製作才行，對吧？這就是爲什麼我想要一雙玻璃做的鞋子呀。」

佩特羅點了點頭。的確，皮鞋或是布鞋都有可能被撐大，木鞋也能夠輕易地透過削切改變尺寸。

「原來如此，我明白了。好，仙杜麗拉，舅舅做一雙給妳吧！」

「謝謝舅舅！我最喜歡你了！」仙杜麗拉往佩特羅的臉頰上一吻。

佩特羅微紅著臉，開始幫仙杜麗拉量腳形。

6

這天是城堡舉辦舞會的日子。

王子懶洋洋地著裝為出席做準備，穿衣鏡中映著臭著一張臉的自己。

說老實話，他還不想娶妻子，只想和各式各樣的女人交往，盡情享受單身生活，因為總覺得一結了婚就會綁手綁腳地少了自由。

但是爸媽，也就是國王與皇后卻成天叨念，似乎一心想讓遊戲人間的兒子早日成家安定下來。

「殿下，舞會已經開始了，請您移駕前往會場。」隨從過來說道。

「呿，麻煩死了。」王子不情願地站了起身。

會場內聚集了從全國精挑細選出來的女孩兒們，她們翩翩起舞的美麗身影，讓整個舞池宛如一座生意盎然的花圃。

「哦？還不賴嘛，找來這麼多美人兒啊。」王子瞥了一眼舞池，在高臺上的椅子就座。

他心想：光有姿色是不足以打動我的心的，要是沒有一些特別之處，壓根免談。一定要能讓他產生無論如何都想要納爲己有的激情，最重要的是，這個女人必須能讓他的心悸動不已。

望著舞池中成群的女孩兒，王子突然睜大了眼問身旁的隨從：

「喂，那是誰？」

「呃，請問殿下問的是哪一位小姐？」隨從心想，沒想到王子這麼快就有看上眼的了。

「我說那兩個女的，就是在柱子旁邊的肥女二人組啊，也不跳舞，像餓死鬼似地拚命吃餐點是怎樣？」

「啊，喔，那是……」隨從看了看邀請名單，回道：「那是丹達拉夫人的兩位女兒。」

「攆出去。」

「是。」隨從立刻有了行動，叫來衛兵將兩個胖女孩兒請出會場。

「咦？爲什麼只有我們得離開！」

「再讓我吃一口蛋糕嘛！」

看著兩人被攆出去之後，王子嘆了口氣，目光又回到舞池內梭巡。終於，他的眼神定住了，視線彼端是一位氣質壓倒群雌的女子。

王子再度詢問身旁隨從，想知道那名女子的背景，然而隨從望著邀請名單，一臉納悶地回道：

「上面登記的是『面具女神』，背景不詳。」

「面具女神啊……」

確實，女子戴著面具，但讓她如此脫俗搶眼的原因不止這一點，是她全身上下散發的奪目光芒，深深地牽引著王子的心。

「把她帶過來。」王子命令隨從。

於是在所有人訝異的視線之中，王子與面具女神跳起了雙人舞，她的舞技也是逸群絕倫。

「我想再多認識妳一點，我們去別的房間吧。」王子在她的耳畔呢喃。

那個「別的房間」裡，擺著一張大床。

所謂想再多認識妳一點，就是想和妳做愛的意思。面具女神也毫無抗拒，順從地脫下了衣服，但是面具仍戴得緊緊的。

「為什麼不讓我看看妳的面容呢？」王子問。

「因為王子殿下您一定見過無數美女，看到都不想看了吧？既然如此，不看長相也無所謂呀。」面具女神回道。
話是這麼說啦。王子換個角度一想，和戴面具的女人做愛也不錯，於是他進入了前戲。
然而王子也只能得意到此刻。兩人一開始做愛，男方完全處於被動狀態，因爲女方的技巧實在太精湛，即使閱人無數如王子，也從未嘗過如此欲仙欲死的快感。
當他宛如身處夢境地結束第五次射精，某處傳來了鐘聲。
面具女神突地從床上躍起，「糟了！十二點了！」
「還很早啊。」
「話不是這麼說，我該走了。達令，你的床上功夫還不賴。」說完，面具女神往王子的臉頰一吻，迅速穿上衣服，一陣風似地離開了房間。
王子怔了好一會兒，才突然驚覺跳下床來。
因爲他發現自己還沒問過面具女神的背景來歷。他連忙穿好衣服，衝出房間，抓了隨從來問：「面具女神呢？」
「她方才搭乘馬車回去了。」
王子沮喪不已，回到房間。他心想，那就是完美的女性，正是自己尋尋覓覓的女人，但他卻不曉得她是哪裡的誰，即使想找人也無從找起。
就在這時，垂頭喪氣的王子看到了一道線索。沒錯，就是那雙玻璃鞋。

7

要找出仙杜麗拉，花不了多少時間。一支名為「新娘搜尋隊」的軍隊帶著那雙玻璃鞋，前往城中每一戶有著妙齡女子的人家探訪。

由於消息早已傳了開來，妙齡女子們都曉得只要穿得下那雙鞋，就能成為王妃，於是全城的女孩兒紛紛想盡辦法要讓腳合穿那雙鞋子，卻全都無功而返。

丹達拉的兩個女兒甚至跑去做腳部抽脂手術，還是穿不進去。

終於，搜尋隊來到了仙杜麗拉的面前，起初她推托著不肯試穿，在軍隊的強制命令下，才勉為其難地一試，當然，鞋子不大不小剛剛好合她的腳。

這時她才終於鬆了口：

「是的，我就是面具女神。但我的真面目就如你們所見，是這麼地襤褸不堪，我不想讓王子殿下失望，所以才一直隱瞞我的姓名。」

聽到仙杜麗拉的一番告白，丹達拉母女大吃一驚，而更吃驚的是身為父親的米莫奈爾，他怎麼都無法相信女兒竟然能夠一身華美的高級禮服、乘著馬車出席舞會，因為沒有人比他更清楚女兒手邊根本沒有錢。

「雖然您可能很難相信……」仙杜麗拉以這句話開頭回答父親，但接下來她說的內容，的確非常令人難以置信。

她說，那些東西全是魔法師幫她準備的，包括禮服與首飾，甚至連馬車與馬都是從南瓜和老鼠變來的。

米莫奈爾心想，誰會相信啊！但是他也只能相信女兒的說詞。

不過米莫奈爾心裡還是有個疑問，女兒說，由於一過了午夜十二點，魔法就會消失，所以她必須趕著離去，那爲什麼玻璃鞋沒跟著一起消失呢？

對於父親的這個質問，仙杜麗拉只是以她一貫的模糊說明方式巧妙地將話題岔開。

算了，反正無關緊要啦。——米莫奈爾望著一身結婚禮服的女兒心想。

今天是仙杜麗拉與王子的結婚大典之日，仙杜麗拉看上去比平日更美、更秀麗。

會場聚集了全國上下的貴族與政經界人士，無庸置疑，這是一場無比華美的世紀婚禮。

只不過，女方出席的家屬只有米莫奈爾一人，丹達拉與兩個女兒都沒現身，因爲米莫奈爾已經和丹達拉離婚了，而勸他離婚的，正是仙杜麗拉。

「她們三人的階段性任務已經達成了，父親大人，您就給她們一些錢，從此和她們斷絕關係吧。」

米莫奈爾聽從女兒的建議提出離婚申請，丹達拉當然不肯簽字，但在皇室的壓力之下，很快便屈服了。

對米莫奈爾而言，能夠和丹達拉離婚眞是太開心了，因爲他當初壓根就沒打算把這個女的娶進門，除了早就耳聞丹達拉個性很差，那兩個拖油瓶還很顯然會處處欺負仙杜麗拉。

但他還是娶了丹達拉，都是由於仙杜麗拉的大力說服。

「父親大人，這個世上最重要的就是金錢呀。我知道您很抗拒和那個女人結婚，那麼您只要想成是和金錢結婚就好了。一旦您將丹達拉娶進門，我們就能夠不愁吃穿，而我會在這段日子裡，努力抓住良機往上爬的，您就放心地和她結婚吧。」

「可是那三個女的一定會欺負妳的，我不想讓妳受苦啊。」

聽到米莫奈爾這麼說，仙杜麗拉微微一笑說道：

「別擔心，那點苦對我來說不算什麼的，因爲我可是有朝一日將成爲萬眾矚目的女主角的人吶，身爲女主角，背負著一、兩個悲劇過往，不是更具話題性嗎？」

典禮終於開始了，在眾人的祝福中，王子與仙杜麗拉印下誓約之吻。米莫奈爾熱烈鼓著掌，一邊凝視著眼前的女兒與女婿。

仙杜麗拉轉頭望向國民。她脣邊浮現的那抹笑意，究竟是什麼意思呢？米莫奈爾思考著。

跟蹤狂入門

1

「噯，我們分手吧。」

事情發生在某個晴朗的星期天，華子突如其來地單方面要求分手。當時我們面對面坐在表參道的露天咖啡座，我正以吸管喝著冰咖啡。

「咦？」我的嘴離開吸管，眼睛眨了好幾下，「分手？呃……，什麼意思啊？」

或許是受不了我傻乎乎的反應，華子將眼前那杯芒果汁的吸管猛地抽掉，一把抓起杯子，咕嘟咕嘟地喝乾了果汁。

「眞是個遲鈍的傢伙，分手還有什麼意思？就是我和你不再交往了。永別了。等一下踏出這間店，從此各奔東西，老死不相見了。懂了嗎？」

「等等嘛，怎麼這麼突然……」我知道這樣很窩囊，但我忍不住語帶懇求地問道。鄰桌的兩名女子似乎聽見了我們的對話，大剌剌地望過來。

「你或許覺得很突然，但對我而言可是一點也不意外。總之，我們不要再聯絡了。我受夠了。」

華子粗魯地站起身，氣沖沖地朝店門走去，只差沒將旁邊的桌椅踹開清出路來。

到底發生了什麼事，我完全沒頭緒，一逕呆立當場，連應該追上去的念頭都沒浮上我的意識表層，腦中只有無數的問號化爲漩渦。

好一會兒我才回過神來，連忙衝出店門，身後隱隱傳來其他客人的竊笑聲。

我在表參道上東繞西轉，卻遍尋不著華子的身影，我只好死了心回家去。

我怎麼都想不透，明明昨天我和華子還要好得不得了，昨晚我們也通了一個多小時的熱線電話，就連今天的約會，在踏進那家咖啡店之前，兩人都是開開心心的，她也始終是滿面的笑容呀。

難道是進了那家店之後，我做錯了什麼事嗎？我努力回想，卻想不出個所以然，再說，我們待在那家咖啡店裡的時間只有短短十多分鐘而已。

我實在無法接受，於是當天晚上，我撥了電話給她想問個清楚，但待接鈴聲還沒來得及響，電話便被掛斷了。看樣子她的情緒不是普通的激動，我決定今晚還是別打擾她，讓她冷靜一下再說。

我在自己骯髒的住屋裡躺了下來，直盯著天花板上的污跡，那是一塊與華子的側臉形狀非常類似的暗影。

我和華子是在漢堡店打工時認識的，兩人自然而然地愈來愈親近，自然而然地上了床，自然而然地成了彼此的戀人，並沒有哪一方強求哪一方，眞要說起來，我們就是極爲自然地相互吸引，成了情侶。

而我現在任職於設計事務所，華子則是白天就讀專門學校，晚上在居酒屋打工，她立志成爲自由文字工作者，但在我看來，她這個夢想實現的可能性根本是零。

總之我打算再過個一、兩年就把她娶進門，這件事我也告訴過她，她雖然沒有清楚地答應我，但也沒有表示抗拒，於是我一廂情願地以結婚爲目標持續存著錢。

然而，卻是這樣的結果。

我做夢也想不到她會這麼突然地提分手，究竟是發生了什麼事呢？

2

突如其來的分手事件之後，過了整整一星期，這一晚，華子打了電話來，一聽見我的聲音，劈頭就質問：「你到底是什麼居心？」

「呃？沒有什麼居心啊……」

「上星期日發生了什麼事，你忘得一乾二淨了嗎？」

「什麼事……？你是說約會時妳提的那件事嗎？」

「是啊！喂，你被我甩了吧？該不會連這一點都不知道吧？」

華子似乎非常不開心，火爆的聲音不斷衝擊著我的鼓膜。

「我當然知道啊，妳話都講得那麼絕了。」

「那你應該受到了不小的打擊嘍？」
「那是一定的啊，事情來得這麼突然。」
「既然如此，」透過話筒聽得見她深吸了一口氣，「爲什麼你沒有任何行動？」
「行動？」
「這一整個星期，你完全沒有試圖挽回我，對吧？」
「喔。」
「爲什麼不聞不問？麻煩解釋一下好嗎？」
「解釋啊……」我不由得暗自點頭，因爲我知道她爲什麼發脾氣了。
這一個星期以來，我一通電話也沒打給她，原因是我覺得讓她冷靜一段時間比較好，但這似乎又惹得她更不開心了。
呿，搞了老半天，還不是在等我的電話。——我頓時鬆了一大口氣。
「我在等妳冷靜下來啊。小傻瓜，看樣子妳也很後悔說了那種話吧。」我故作輕鬆地說道。
「後悔？爲什麼我要後悔？」
「因爲那天妳應該是出於原因不明的情緒低潮，才會說出那種違心之論吧？可是又不好先低頭道歉，所以只好等著我打電話過去——」

「少臭美了！」華子打斷了我的話，「我一丁點兒也不後悔，倒是你才應該後悔吧？被我甩了也無所謂嗎？你完全沒想過應該做點什麼努力嗎？」

「我想過啊，就是想等妳平靜一點，再找妳好好談談……」

我努力解釋著，話筒卻不時傳來她咂嘴的聲響。

「你眞的什麼都不懂耶。再說，我根本不想和你談復合，不是都跟你說我要分手了嗎？」

「我就是不懂妳爲什麼會這麼突然提分手啊。」

「夠了，別再講了。」華子忿忿地說道：「我就是討厭你這一點。你到底把我當成什麼了？是愛我嗎？還是討厭我？想分手嗎？還是不想分手？」

「我、我很愛妳啊，我不想分手。」我開始語無倫次了。

「那麼這種時候，你應該有非做不可的事吧？」

「非做不可的事？呃，所以我說，我想找妳談一談……還是，妳想要禮物？」

「你是白痴嗎？甩掉男友的女生還會想收到對方的禮物嗎？」

「可是……」我一手握著話筒，另一手搔著頭，「我搞不清楚了嘛，妳到底希望我怎麼做？」

「不是我希望你做什麼，應該說，那些是我不希望你做的事，但卻是你非做不可的事。

如果你是眞的愛我的話。」

華子這番話聽得我一頭霧水，頭也開始隱隱作痛。

「完全聽不懂。妳饒了我吧，直接告訴我怎麼做好嗎？」我懇求道。

電話彼端傳來華子深深的嘆息。

「你眞的很遲鈍耶，就是這樣才會被我甩啦。算了，我就好心告訴你吧。聽好了，男人一旦被愛人甩了，該做的事只有一件，那就是當跟蹤狂。」

「啊？那是什麼？」

「沒聽到嗎？跟蹤狂啦！跟、蹤、狂！」

「跟蹤狂……？就是人們平常說的那種跟蹤狂嗎？」

「廢話，不然還有哪種跟蹤狂？當男人察覺對方不肯接受自己的愛，就會化身爲跟蹤狂。」

「等、等一下，妳的意思是，要我跟蹤妳？」

「對啊。」

「妳在說什麼傻話，我怎麼當得了跟蹤狂？」

「爲什麼當不了？」

「呃，因爲……」我的頭愈來愈痛了。

「你沒看電視嗎？有時候不是會播特別節目探討跟蹤狂嗎？那些接受訪問的跟蹤狂每一個都說：『因爲我打從心裡愛著她才會忍不住跟蹤她，請不要干預我。』換句話說，那也是一種示愛的方式。」

「是嗎？」

「你不想幹嗎？」

「提不起勁啊。」

「哼，你的意思是，你對我的愛並沒有那麼強烈吧，所以我們分手也無所謂嘍？」

「我不是那個意思……」

「夠了，我明白了。沒辦法當跟蹤狂，正說明了你對我的愛情有多膚淺。再見！」

「啊，等一下……」

電話已經掛斷了。

3

第二天，我下班後，前往華子打工的居酒屋。一進店裡，就看到一如平日披著薄外掛(*1)爲客人點餐的華子。我找了個空位坐下。

沒多久，華子似乎發現我了，但不知爲什麼，她是蹙著眉頭走過來的。

「喲。」我打了聲招呼。

華子粗魯地將溼巾擺到我面前，劈頭說道：「你來幹什麼？」

「來幹什麼？……來當跟蹤狂啊。」

「跟蹤狂？」

「嗯，我昨晚想了很久，決定照著妳說的做做看，所以，我就來找妳了。跟蹤狂嘛，只要糾纏著喜歡的女生就對了吧？」

聽到我這麼說，華子露出一臉厭煩。

「所謂的跟蹤狂，應該要更陰鬱、更偷偷摸摸行事才對，眞正的跟蹤狂會躲在暗處監視著目標，哪會像你這樣兩光地和對方打招呼？還『喲』咧。」

「啊……，是喔。」

「沒有跟蹤狂會大剌剌地走進對方上班的地點啦，你應該躲在外頭電線桿後方等到我下班走出店門呀。如果你眞的有心要幹，麻煩事前多做一點功課好嗎？」

「是，對不起。」我不知不覺低頭道了歉，但我不明白爲什麼自己得道歉。

「你喝完一杯啤酒就趕快出去吧，這裡不是跟蹤狂該來的地方。」華子丟下這句話，轉

*1 原文作「法被」（はっぴ），日本夏季祭典時常見的薄外掛，沒有鈕釦也沒有帶子，只有束在腰上的腰帶。

身便離開了。

我無計可施，只好照她說的，喝完一杯啤酒便走出了店門，接著張望一圈，發現附近沒有適合藏身的電線桿，於是我走進居酒屋對面的咖啡店，而且幸運的是，那是一家漫畫網咖，我一邊看著《大飯桶》（*1），不時望向窗外的居酒屋門口。

剛過十一點沒多久，華子走出了店門，我連忙衝出咖啡店跟了上去。雖然很容易就能追上，我刻意保持五公尺左右的距離，走在她的後方。

但是華子毫無預警地停下了腳步，回頭瞪著我說：

「你也跟太近了吧？」

「咦？會嗎？可是要是離得太遠，我怕會跟丟啊。」

「那你要自己想辦法克服啊。」

「喔，要想辦法啊……」沒想到當個跟蹤狂這麼麻煩。

「還有啊，」華子繼續說：「你剛剛那段時間都在幹什麼？」

「幹什麼？我在等妳下班啊。」

「你一直待在對面的咖啡店裡，對吧？」

「嗯，因為沒有適合埋伏的地方嘛，而且等那麼久又很無聊……」

華子一聽，登時雙手扠腰直搖頭，一副我這個人實在無可救藥的表情。

「你是打算利用看漫畫的空檔順便當一下跟蹤狂嗎？很悠哉嘛。」

「不是啦，我沒有那個意思……」

「身爲跟蹤狂，必須滿腦子都是無法撼動的執著，哪還有閒情逸致嫌無聊？你既然決定要當跟蹤狂，拜託你拿出一點誠意好嗎？不要偷懶啊！」說完華子一個轉身，迅速邁出步子。

因爲她說五公尺太近了，這回我便拉開距離，隔了十公尺繼續跟在她後頭。她偶爾會回過頭來探看我的狀況。

我跟著她搭上了同一輛電車，在同一個站下車，朝同一個方向走去，終於來到華子的租處前。那是一棟只租給女性房客的公寓大樓。

華子打開大門自動鎖，走進大樓裡。身影消失前，她還刻意回頭看了我一眼，而我則是待在電線桿後方注視著她的一舉一動。

終於跟到她進家門了，應該可以收工了吧？於是我往回家的方向走去，但才走了十公尺左右，手機響了。

*1 原名《ドカベン》，日本經典棒球漫畫，作者爲水島新司，一九七二～一九八一連載於《週刊少年Champion》。主角山田太郎總是帶著一個超大便當而有了大飯桶的綽號，故事敘述他帶領一群個性派隊員向甲子園進軍，過程感人勵志。

「喂？」

「你要去哪裡？」是華子的聲音。

「去哪裡……，當然是回家啊。沒我的事了吧？」

「你在說什麼啊？重頭戲現在才要開始耶！」

「咦？還要做什麼嗎？」

「廢話，跟蹤狂在確認目標返家之後，第一個動作就是打電話給對方呀，這樣才能讓對方知道自己一直被監視著。」

「哦——，原來如此。」

「聽懂的話，麻煩你好好幹吧！」她說完便自顧自掛斷了電話。

眞是夠了。

我回到先前的電線桿後方，拿出手機撥了華子的住家電話，待接鈴聲響了三聲之後，她接了起來，「喂？」

「是我啦。」

「有什麼事嗎？」她的聲音沒有抑揚頓挫。對照方才通話時的她，像是完全變了一個人。

「啊？……不是妳叫我打給妳的嗎？」

「沒事的話，我要掛電話了。」話才說完，她還眞的掛了電話。

搞什麼啊，莫名其妙，明明就是自己叫我打去的。

算了。我正打算打道回府，手機又響了。

「你要去哪裡？」她這通電話的聲音終於有了情緒，而且顯然是在生氣。

「我剛剛打電話給妳了嘛，是妳自己掛我電話的……」

「不過是被掛了一次電話就死心，哪有這種跟蹤狂啊？應該要毫不氣餒地一直打一直打才對吧？」

「什麼——」

「就這樣，我掛電話了。不要什麼事都要我提醒好嗎？」

我仍握著手機，忍不住偏起了頭。接著，我又撥了她家裡的電話，但電話響了好幾聲之後，只聽見答錄機的語音說著：「您所撥的電話目前無人接聽，請於嗶聲之後……」

「哎喲，爲什麼要轉答錄機啊？」我對著手機說道，因爲我知道她的電話機此刻一定正播放出我的話聲，「妳不想接那也沒辦法了，那我先掛了哦，明天再打給妳。」

我說完就要掛電話，但是在我的拇指即將按下結束通話鍵時，傳來了華子的聲音：「你這個笨蛋！」

「哇啊！嚇死人了。妳爲什麼不接電話？」

「透過答錄機過濾奇怪的來電，這是常識呀。可是就算我不接，你也未免放棄得太快了吧？」

「那妳到底要我怎麼辦嘛？」

「你要講話給我聽啊，不管我接不接，你自顧自地講就對了。」

「自言自語……。可是，要講什麼？我又不是落語家（*1），沒有人應聲，很難自己一個人一直講話耶。」

「你就講關於我的事情啊，像是我今天一天都做了什麼，我最近的生活有什麼變化之類的。這麼一來，聽到內容我就會明白自己被跟蹤了，心裡開始覺得很毛，你的目的就達成了啊。」

「是喔？」

「懂了嗎？那你再打一次哦。」

我聽話地又撥了電話過去，依然是轉到答錄機。我吸了一口氣之後，開口了：「呃，妳今天去了專門學校上課，之後去居酒屋打工，然後大概十一點剛過的時候離開了店裡，十二點五分左右回到家。報告完畢。」

這樣就沒問題了吧。但就在我掛電話之前，又傳來華子的聲音：「零分。」

「咦？什麼？」

「我說你這通電話的表現是零分。你在幹什麼啊？又不是小孩子在寫圖畫日記，難道沒有精采一點的事情可講嗎？」

「可是就差不多這些事啊。」

「還有很多事情吧，比方說我今天的早餐吃了什麼？昨天我在家裡做了些什麼事？」

「我怎麼可能知道那麼細的事情？」

「爲什麼不可能知道？你不是跟蹤狂嗎？跟蹤狂是無所不知的。」

「太亂來了啦。」

「哪裡亂來了？總而言之，明天開始，麻煩你做出點跟蹤狂的樣子出來，知道了嗎？」

華子一口氣說完之後，兀自掛了電話。

4

隔天，我利用彈性上班制度提早兩小時下班，來到華子就讀的專門學校大門口，等到她走出校門後，隔著十公尺左右的距離跟在後頭，而她顯然曉得我在跟蹤她，因爲她不時會回頭瞄向我這邊。

＊1 「落語」爲日本傳統表演藝術。落語家坐在舞臺上，繪聲繪影述說滑稽故事，類似中國傳統的單口相聲。

明明直接前往打工的居酒屋就行了，華子卻一路東逛西逛，先是去了書店，進去服飾店晃了一圈，還繞去百貨公司化妝品專櫃。而她每走進一間店，我就得在外頭找到適合監視的藏身處，痴痴地等著她走出店門。

好不容易華子抵達了居酒屋，時間已經將近晚上七點了，我想起昨天的教訓，於是我沒跑去對面漫畫網咖，而是躲在離居酒屋大約二十公尺遠的一座郵筒後方等她下班，一邊等，還一邊在筆記本上記下她這一整天去了哪裡、做了什麼事，寫完之後，我仍然待在原地愣愣地望著居酒屋的店門，無聊到快死了，而且腳又痠又疼，我很想去買個雜誌來看，但要是被華子看到我在翻雜誌，一定又少不了一頓好罵，還是作罷了。

一旁藥局的老闆見我一直杵在那兒，一臉就是見到可疑人物的神情。終於撐到和昨晚差不多的時間，華子出現了，我也快累癱了，但我的跟蹤任務還沒結束。

和昨天同樣的路線，我跟蹤到了她的租處外頭，等她一點亮屋裡的燈，立刻撥了電話過去。

「喂？」

「喔，是我啦。」

「……有什麼事嗎？」和昨晚一模一樣的對話。

但接下來我可不能說出和昨天一樣的內容。

「呃，我有事要向妳報告。」
「報告？」
「妳今天在下午五點多的時候離開學校，接著妳跑去站前的書店買了雜誌，之後去逛服飾店，在連身洋裝和裙子那一櫃逛了一會兒，什麼都沒買就離開了。還有哦，我還知道妳去百貨公司的化妝品專櫃買了睫毛膏，接著逛了絲襪、錢包和皮包專櫃，然後才去居酒屋上班。怎麼樣？我全都說對了吧！」我盯著筆記說了一大串。
華子沉默了數秒，然後夾雜著嘆息說道：「完全不成氣候。這種程度的跟蹤根本嚇不了我啊，你難道沒辦法說出一些像是我昨晚吃了剩下的宅配披薩，或是我昨天月經來了之類的嗎？」
「妳月經來了喔？」
「連這點小事都查不出來，算什麼跟蹤狂啊。」
「那種事情我怎麼可能知道呢？我又沒跟妳跟到廁所去。」
華子一聽，又是一陣沉默。我聽見她嘆了口氣。
「你知道今天是星期幾嗎？」
「星期幾？不是星期二嗎？呃……，剛剛過十二點，所以現在已經是星期三了。」
「星期二呢，」她說：「是收可燃垃圾的日子，每週二、四、六共三天。不可燃垃圾要到星期一才能丟。」

「是喔。可是怎麼會扯到垃圾上頭呢？」

「我說了這麼多你還聽不懂嗎？我今天早上也拿了垃圾去放置場丟了。只要檢查一下，很多細節都會知道的，像是我吃了些什麼，月經來了沒之類的。」

「啊!?」我不由得驚呼出聲，「妳是要我去翻垃圾？」

「不是翻垃圾，是調查。」

「不是一樣嗎？天啊！一定得做到那種程度嗎？」

「調查生活垃圾可是跟蹤狂的最高指導原則呢。」華子說得斬釘截鐵。

5

第二天早上，我一睜開眼，覺得頭痛欲裂，還有些發冷。拿了體溫計一量，果然發燒了，看樣子是因爲在戶外跟監的關係受了風寒。我打電話去公司請了病假，吞了感冒藥，再度鑽回被窩裡。跟蹤狂今天當然也休假一天。

我睡到傍晚，感覺身子輕鬆了一點，卻開始打起噴嚏來，鼻水流個不停。我才在想可能是重感冒，手機響了，一股不好的預感油然而生。

「你在幹什麼啊！」是華子，而且不出所料，她非常生氣。

我向她解釋說我感冒了。

「感冒算什麼，你也太小看跟蹤狂的使命了吧？哪能讓你三天打漁兩天曬網？再說你會感冒，正代表了你的身心都太懶散了。」華子氣勢逼人地說道。

「是。對不起。」我老實地道了歉。

「算了，今晚就特准你不必打電話給我。但是明天就要準時現身哦。」

「嗯，謝謝妳。那我今晚好好地睡上一覺補足體力，明天再繼續努力！」

我心想，我這麼說她應該很滿意吧，沒想到話一出口，又惹得她動怒了。

「你在說什麼？哪有時間讓你溫溫吞吞地睡覺啊！」

「咦？怎麼了？」

「你忘了我昨晚說的嗎？今天是星期三，所以明天是星期四。」

「啊……」

我知道她想說什麼了。昨天她在電話裡提到了翻垃圾……不，調查垃圾一事。

「好，我知道了，明天一早我就過去調查垃圾。」

「一早是多早？」

「呃……，大概七、八點吧。」

「哦？你覺得那時間算早嗎？」

「不算嗎？」

「要是你無論如何都想拖到那個時間再過去，我是不會攔你啦，但是你一定會後悔的。」

「為什麼？」

「因為啊，那個時間放置場已經有好幾包垃圾了，加上我們這棟公寓大樓全是租給獨居的，很多人前一天晚上就會偷偷把垃圾拿出去。你覺得在那麼多包垃圾裡，你分得出來哪一包是我丟的嗎？」

握著話筒的我無言以對。她說的沒錯，我的心情頓時蒙上一層陰影。

「反正就是這樣，隨你高興什麼時候來吧。」華子冷冷地吐了這句。

結果我還是在那天深夜便出門了。鼻腔裡癢得慌，我塞了滿滿的面紙在口袋裡。

華子那棟公寓大樓的垃圾放置場位於建築物後側，不遠處停了一輛小貨車，似乎是個不錯的監視地點，於是我躲到小貨車的暗處等著華子現身，不時擤著鼻涕。現在才十一月，吹在我身上的風卻已感覺得到冬意。

雖然華子那麼說，卻完全不見提早丟垃圾的缺德鬼。我抱著膝強忍睡意，揉著眼等待著，我看下次還是帶收音機或隨身聽來好了。

接近清晨六點，新的一天緩緩揭開序幕，終於有人拎著垃圾袋出現了，是一名身穿灰色套裝的女人，並不是華子。女人年約三十出頭，相當胖，臉也很大，而且想遮掩大臉而剪的髮形一點也不適合她。女人將垃圾擺到放置場內，似乎略微張望了一下四周，旋即離去。

接著出現的就是華子了，她穿著成套的粉紅色運動服，非常顯眼，我整個人倏地醒了過來。

等華子離去後，我站起身子，而可能是因爲長時間坐著的關係，兩腿一時有點站不直。我走到華子丟棄的垃圾袋旁，一邊留心著四下的動靜一邊打開垃圾袋口，瞬間一股廚餘的臭味撲鼻而來，即使我感冒鼻塞，還是忍不住仰身別開臉。我看到袋子裡有哈密瓜的皮。

就在這時，又有一個人從大樓走了出來，我來不及封上垃圾袋口便倉促閃到一旁去。走出大樓的是一名二十四、五歲的美麗女子，高眺纖瘦，一頭飄逸長髮，細長秀麗的雙眸給人的印象尤其深刻。女子看都沒看我一眼，放下手中的垃圾袋便離去了。

我鬆了一口氣，回到華子的垃圾袋旁，繼續探頭檢視裡頭的東西。除了廚餘，她還扔了一些碎紙和雜誌。我一想到搞不好得全部翻出來查過一遍，心情便無比沉重。

身後突然傳來腳步聲，我嚇了一大跳回頭一看，一名年輕男子正朝垃圾放置場走來。由於他一臉嚴肅，我心想大概是來指責我的吧，沒想到他完全沒理會我，直接走向方才那名美女丟棄的垃圾袋旁，接著從口袋拿出口罩戴上，再戴上手術用的薄橡膠手套，然後以熟練的動作打開了垃圾袋封口。

我看得目瞪口呆，男子或許是察覺到我的視線，也抬起頭望著我，語帶訝異地問道：

「怎麼了嗎？」

「不……，呃……，請問你也是跟蹤狂嗎？」

「是啊。」男子臉不紅氣不喘地點了點頭，「之前沒見過你呢，新來的？」

「呃，是。所以……，唔，總覺得抓不太到要領。」

「大家剛開始都是這樣的啦。哇嗚，哈密瓜皮啊。」他探頭望向我手邊的垃圾袋，瞇細了眼說道：「那個夠嗆了吧。還有啊，蝦子或螃蟹的殼也很恐怖。」

「是啊，我完全不知道該怎麼辦。」

「這個借你吧。」男子說著從口袋拿出口罩與手術用手套遞給我，「我都會帶備份在身上預防萬一。」

「啊，眞是太感謝了，幫了大忙。」

我立刻戴上口罩與手套，這麼一來，調查作業總算沒那麼痛苦了。

男子將手伸進那名美女扔出的垃圾袋裡一抓，拿出了一張粉紅色的薄紙。

「這是大吉豆沙包的包裝紙，站前的和菓子屋就有賣，這是她最愛吃的甜點，可是吃多了會胖，她總會克制自己不要吃太多。哦？這次一口氣吃了三個？這樣不行哦。」

「可是，又不一定全部是她一個人吃掉的吧？」我說。

男子搖了搖頭說：

「她下班後去和菓子屋買了豆沙包之後，就一直是一個人獨處的狀態，家裡也沒有訪客。我看八成是昨晚整夜和女性友人一邊講電話一邊吃掉的吧。」

男子說得自信滿滿，我不禁由衷佩服，這個人眞是跟蹤狂的典範啊！

這時又有一名女子拎著垃圾袋過來了，她個頭嬌小，長相甜美可人。我一見有人來，正想轉身就逃，沒想到身旁的男子只是默默地繼續翻著手邊的垃圾。

女子似乎毫不在意我們，俐落地扔下垃圾袋便離去了。而緊接著不知從何處又冒出一名男子，迎面走來的他一邊向我們兩個輕輕點頭示意。

「早安。」我身邊的男子先開口打招呼了，「你們家那位今天的垃圾好像很少呀？」

「喔，因爲她回老家去了，昨天剛回來。」後來出現的男子回道。接著看了我一眼說：「哦？有新人呀？」看來這名男子也是跟蹤狂。

「你好，請多指教。」我也向他打了招呼。

「請多指教。請問，你是哪一間小姐的……？」

「是三〇五室。」我報上華子的房間號碼。

「哦，那位很時髦的小姐呀！嗯嗯嗯。」男子頻頻點頭，看樣子他對這棟公寓大樓的住戶非常熟悉，顯然是跟蹤狂的箇中老手。

又有一名女子拿著垃圾袋過來了，她的骨架壯碩，外貌令人聯想到岩石，眼睛與嘴巴宛如岩石上的裂縫，然而女子的打扮卻是走少女風格。

女子見到我們三個，似乎想說什麼，但還是把話吞了回去，放下垃圾袋便離去了。

「那是四〇二室的。」後到的男子嘟囔著：「完全沒興趣。」

「放在這兒擋路幹嘛啊。」我身旁的男子將岩石女扔下的垃圾袋移到一旁，就放在最早出現在垃圾放置場的胖女人的垃圾袋旁邊。

接下來這棟公寓大樓裡的女性住戶也紛紛出來丟垃圾，兩位跟蹤狂只挑了當中幾包垃圾來翻，其他的全都堆到一旁去。

我一邊聽著兩位跟蹤狂大前輩的指點，一邊調查華子的垃圾。處理完之後，要離去之前，我望了一眼旁邊那座無人聞問的小垃圾山。

不知怎的，總覺得那些垃圾有些淒涼。

臨界家庭

1

這道通往四樓的階梯似乎永無盡頭，川島哲也爬到三樓之後稍作歇息。爲了準備下星期會議的資料，他忙到剛剛才下班。景氣還沒變成今日這樣慘澹的時候，加班津貼總是多得令人忍不住竊笑，但現在加班時間受到嚴格控管，工作到再晚也一毛錢都拿不到，只有疲勞不斷地累積。即使如此，還是比被公司裁員要好得多吧，川島這麼告訴自己，再度踏上階梯。

一打開玄關門，妻子智子正趴在餐廳地上。

「妳在幹什麼？」

「喔，老公啊，你回來了。」四肢著地的智子只是瞥了丈夫一眼，將劉海往上一撥，繼續盯著地面。

「爸爸！你回來了——」優美從房間衝出來喊他。這是他四歲的女兒。

「優美，我回來了。」川島衝著女兒一笑，接著又問智子：「妳在找什麼啊？隱形眼鏡又掉了嗎？」

「茜茜仙環的神力珠。」

「妳說茜茜……什麼？」

「茜茜仙——環——」優美開心地說道，一邊揮舞著手上的玩具。那是一個環狀的透明管子，裡面裝了各種顏色的小珠子，優美一揮管子，裡面的珠子便喀喇喀喇地滾動。

「優美！」智子嚴厲地罵道：「我不是叫妳把那個收起來嗎？要是蓋子又掉下來怎麼辦！」

優美登時噘起嘴，抱緊玩具退了幾步。

川島想起來了，茜茜仙環就是優美手上那個玩具的名稱，他記得是某個動畫角色的隨身武器，兩星期前的星期日才在百貨公司買給優美的。

「哦，是裡面的珠子掉出來了啊。」

「是啊，優美玩一玩，好像把仙環的蓋子打開來了。」

「人家這個本來就是要把神力珠拿出來玩的嘛——」

「我不是叫妳小心一點，一次拿一顆出來嗎？」智子尖著嗓子說道。

「是全都倒出來了嗎？」川島問。

智子臭著一張臉點了點頭，「滾得到處都是，你知道全部撿回來要花多少時間嗎？」她看了一眼時鐘，眉頭皺得更緊了，「我已經找了一個多小時了。」

「找不到嗎？」

「還差一顆，應該在這附近吧。」

「喔……」

川島一副事不關己的態度，正要打開臥室門，身後傳來妻子的喊聲。

「老公！你也幫忙找一下好嗎！」

「我？饒了我吧，我已經快累癱了。」

「我就不累嗎？應該是在冰箱下面，你來幫我移開一下啦。」

「移開？一個人怎麼移得動啊！」川島瞪大了眼。

「沒問題的啦，下面附有起重滾輪，抬高一側就移得動了。」

「拜託明天再弄好嗎？我快餓死了。」川島邊說邊鬆開領帶。

智子看著優美問道：「明天再找好不好？」

「不行不行不行——」優美用力搖著頭，「明天要和小夢她們一起玩，不能沒有茜茜仙環啦——」

「仙環不是還在嗎？」

「少了一顆茜茜神力珠啊！」

茜茜神力珠應該就是仙環裡頭那些小珠子的名稱了。

「少一顆而已沒差吧，還是可以玩啊。」

「我不要我不要我不要！人家不要啦——！」優美說著哭了起來。

川島一臉厭煩，將領帶與公事包隨手放到椅子上，走到冰箱旁。

接下來將近一個小時，夫妻倆都在尋找茜茜神力珠，但那一顆就是怎麼都找不到，也不在冰箱下面。

川島整個人累翻了，吃著遲來的晚餐，炸雞塊都是冷的。智子正在打電話，優美則不知何時睡著了。

智子掛上電話，來到川島身旁坐下，神情和緩了一些。

「我問了柳原太太，她說市面有賣補充用的茜茜神力珠。」

柳原太太就是剛才提到的小夢的媽媽，柳原家是同住一個社區的鄰居。

「我想也是。看來那個珠子很容易搞丟嘛。」

「太好了，這樣優美就不會哭著要找神力珠了。老公，明天你會帶我們去買吧？」

「明天是星期六耶，還要去買玩具？每次去那個地方都很累耶。」

「我們只是買個神力珠就走嘛。」

「要是那麼簡單搞定就好了。再說補充用的珠子應該不止一顆吧？一定又是一次得買個十顆裝、二十顆裝之類的。」

「這我就不確定了……」

「真是的，根本是花冤枉錢嘛。」川島放下筷子，拿起先前被扔在桌上的茜茜仙環端詳。仙環的握把部分裝飾得非常華麗，一按下按鈕，整個環還會閃閃發亮，總覺得讓幼稚園小朋友玩這樣的玩具似乎太奢侈了。

其中一個裝飾就是仙環的蓋子，打開就能將小珠子取出來。

「你小心一點，要是再撒出來，不知道又會搞丟幾顆珠子了。」

「我知道啦。嗳，這個神力珠剛好跟彈珠差不多大小耶。妳看。」川島拿出一顆珠子，放在手掌心上，「對了！拿彈珠代替就好了吧？反正一樣是玻璃珠啊。」

「不行啦。」

「爲什麼？」

「茜茜神力珠分成紅、藍、黃、橘四色，要是塞其他雜色的珠子進去，優美一定會大吵大鬧的。」

「優美才幾歲，會注意到這麼細的地方嗎？」

「你在說什麼傻話，就是小孩子才會在意這種事啊。要是你不相信，自己和優美玩一次就曉得了。」

「好啦好啦我知道了，明天一起去買補充用的珠子就是了啦。」川島放下茜茜仙環，再度拿起筷子。

2

第二天一早，川島被電視傳出的聲音吵醒，身旁的智子還在被窩裡熟睡。

「喂，怎麼一大早就有人開電視？」川島搖著妻子問道。

智子臭著臉微睜開眼回道：

「什麼？電視？喔，是優美在看《超級公主小茜》吧。」

「超級公主？哦，就是那個茜茜仙環的動畫吧，原來是在星期六早上播出啊。」

「幹嘛講得一副第一次聽到的樣子？誰教你每個星期六早上都在睡大頭覺，每週這個時間優美都會種在電視機前面啊。」

「是喔。」

川島輕手輕腳地爬出被窩，走出臥室。電視在客廳裡，一如智子所說，優美正抓著茜茜仙環坐在電視機前，神情認眞地緊盯著螢幕。

畫面中出現的是有著一雙大眼睛的女主角超級公主，正在和一群顯然是壞蛋的怪物大戰，公主一身飄逸的桃紅色裝束，手上握著的正是茜茜仙環。

只見公主喊著：「看我的茜茜仙環！」一邊揮舞著仙環，仙環瞬間發出紅色與藍色的光束，壞蛋們一看到光束，立刻閃開。優美也開心地揮著手上的玩具。

但是只有其中一個怪物毫不閃躲，似乎是這群怪物的頭子，牠說：「妳那種東西對我是無效的！」一邊朝公主衝了過去。公主毫不畏懼，「那這個呢？」說著拿出一個兩端閃閃發光的棒子。

「是茜茜超級仙棒！」優美喊道。

公主拿起仙棒一揮，瞬間發出一道強烈的光束射向敵人，怪物頭子當場就融化消失了。公主擺出收招的姿勢之後，瀟灑地離去。

眞是幼稚的劇情，川島心中暗想，但是他的女兒卻爲之瘋狂，一邊跟著唱動畫片尾曲。緊接著，畫面上出現了令川島憂鬱不已的廣告。一名與超級公主身穿一模一樣打扮的女孩，拿著兩個與超級公主所持一模一樣的武器奮戰著，一個武器是優美也有的茜茜仙環，另一個就是故事最後出現的茜茜超級仙棒。

「全新武器茜茜超級仙棒新上市！有了茜茜超級仙棒，妳也能化身爲完美的超級公主小茜哦！」

又在推銷莫名其妙的玩具了。川島苦著一張臉看向廣告，而一旁的優美不知道是否察覺了爸爸的心情，只見她壓低聲音說了一句：「好想要哦……」川島裝作沒聽見，站起身子離開了電視機前。

過了中午，川島一家三口整裝出門去，目的地當然是百貨公司的玩具賣場。

就在即將走出社區時，迎面遇上了柳原一家人，他們似乎剛去超市回來，夫妻兩人各提著兩個白色購物袋。

「哎呀，你們好呀。」雙方互相打了招呼。這兩戶家庭是因爲女兒的關係而認識的，換句話說，這正是身爲這個社區一分子最需要謹愼處理的人際關係。

「喔？你們要去百貨公司買東西呀？眞好呢！」柳原太太交互望著優美與智子說道：「是要去買那個補充用的珠子吧？」

「是啊。」智子堆笑應道。

「眞是的，」川島對著柳原先生露出苦笑，「不過是個玩具，感覺大人好像被耍得團團轉啊。」

「沒辦法呀，這對孩子的成長來說是很重要的一環呢。」柳原先生語氣溫和地說道。川島偶爾會在車站遇到他，感覺是個個性非常成熟穩重的人。

川島的視線無意間落在小夢身上，登時心頭一驚，因爲小夢拿著的那個東西非常眼熟。川島心想，這下慘了，得趕快結束寒暄離開這家人才行。

「哇！是茜茜超級仙棒！」來不及了，優美也發現了。沒錯，小夢手上的新玩具正是今天早上在電視上出現的「全新武器茜茜超級仙棒」。

「這是爸爸媽媽買給我的。」小夢天眞爛漫地說道：「優美妳也叫妳爸爸媽媽買給妳吧！」

川島很想一拳塞住那張嘴。

「好了，我們該走了。改天見嘍。」川島拉著優美的手轉身便走。

3

由於不景氣的影響，即使是星期六的下午，逛百貨公司的人並不多，男士服裝樓層更是門可羅雀。川島不禁覺得有些心酸，縮減生活開支的第一個受害對象，顯然是父親的治裝費。

但相形之下，兒童服裝樓層卻非常熱鬧，而當中最爲人聲鼎沸的就是玩具賣場了。不止有爸媽帶小孩過來，也有不少年輕情侶在裡面逛。

先前嫌走路太累，吵著要爸爸抱的優美，一到了玩具賣場立刻精神百倍，三步併作兩步衝往擺了許多玩具樣品的兒童遊樂區去。

在這種地方要是磨咕太久，不曉得優美又會吵著要買什麼東西了。而智子似乎也是同樣的心思，迅速找到店員，詢問補充用的茜茜神力珠放在哪裡。

然而妻子在與店員交談了幾句之後，一臉困惑地回來說：「他說沒有賣耶。」

「沒有賣？是賣完了嗎？」

「不是，聽說根本沒有推出這項商品。」
「怎麼可能？柳原太太不是說有嗎？」
「是啊，所以會不會是柳原太太記錯了？」
「我再去問一下。」說著他走向方才接待智子的店員，那是一名戴著眼鏡、個頭不高的年輕男子。
川島再次詢問賣場內是否販售補充用的茜茜神力珠。
「呃，很抱歉，真的沒有出品補充用的茜茜神力珠耶。」店員戰戰兢兢地答道。
「不可能沒賣呀，我們是聽朋友說有這種東西才過來的。」
「喔，是這樣的，我想您朋友所說的應該是『超級公主珠寶盒』吧。」
「珠寶盒？我不要那種東西，我只是要買茜茜神力珠而已。」
「是的，我明白。呃，請您稍等一下好嗎？」店員說完不知跑去哪裡，約一分鐘之後拿了個東西回來，「這就是『超級公主珠寶盒』。」
店員遞過來的是一個裝飾得花枝招展的廉價小盒子。「給我看這個幹嘛？」川島邊說邊打開盒蓋，一看裡面，他不禁一愣——裡頭裝的正是茜茜神力珠。
「就是這個！我就是要買這個珠珠！麻煩幫我包一個結帳吧。」
「不好意思，這個沒辦法單賣的。」店員碰的一聲闔上盒蓋。

「爲什麼？我只是要買小珠子，又不要那個怪裡怪氣的盒子。」

「眞的很抱歉，茜茜神力珠是珠寶盒的附贈品，我們沒辦法拿出來單賣……」

「可是我不是說了嗎？我又不……」

「老公！」一旁的智子扯了扯川島的衣袖，「別人在看啦。算了，我們就買下珠寶盒吧。」

川島想反駁，但是周圍的客人似乎在望著他們竊笑，川島嘖了一聲，問店員珠寶盒要多少錢。

「兩千三百圓整。」

川島瞪大了眼，「一顆玻璃珠要賣兩千三百圓？」

智子再次扯著丈夫的衣服，川島心不甘情不願地掏出了錢包。

在等待店員包裝寶石盒的時候，川島眺望著整個玩具賣場，優美正在「超級公主小茜」的專區東逛西瞧。川島暗呼不妙，因爲裡頭淨是些頻頻向優美招手的玩具。

川島望著一件件商品，視線突然定在一樣東西上頭，眼睛不禁睜得老大。

「喂，那是什麼？」

他指著的是數個並列的大型展示櫃，透過透明隔板，裡面展示的物品看得一清二楚，正是「超級公主小茜」的全套裝束，和今天早上在電視上看到的動畫女主角的打扮一模一樣。

「那是小茜的公主服吧。」智子回答得很乾脆，顯然她早曉得有這個商品的存在。
「連那種東西都在賣啊？」
「不包括鞋子哦，還有頭髮也要另外買。」
「頭髮？妳是說假髮嗎？」
「是啊。」
「太誇張了啦。不過應該沒什麼人會買那種東西吧。」
「不會啊，反正到頭來都是孩子吵著要爸媽買。孩子們玩的動畫角色遊戲好像要每個人都穿上全套的裝束和配件才行哦。」
唉。川島搖了搖頭，太陽穴隱隱作痛。
「眞是夠了，擺明了就是要拐人掏錢嘛！搭人氣動畫的順風車，拚命推出吸引孩子的商品，賣方當然爽快，不得不掏錢的父母可痛苦了。哪像我們小時候，雖然市面上也有電視角色的相關商品，也不至於這麼誇張啊。」
「因爲現在的販賣概念和我們小時候完全是兩回事吧。」
「什麼概念？」
「販售角色相關商品的概念呀。現在你看到的這些商品，並不是搭人氣動畫的順風車而開發出來的，而是和動畫同時企畫推出的商品。」

「咦？怎麼說？」

「舉個例子，你說你小時候也有一些角色相關商品，應該是指假面騎士（*1）的腰帶之類的吧？」

「嗯，是啊。騎士變身腰帶，雖然我小時候沒買。」

「可是呢，那個和真正的假面騎士腰帶的設計是不一樣的吧？像是一些小細節都做得很粗糙。」

「那是一定的啊，要是真的按照角色設定製作出來，成本和定價勢必相當可觀，沒辦法販售吧。」

「我們女孩子當年的玩具也是一樣的狀況。女主角的配飾上頭原本鑲有寶石，製作成玩具時，要不就是寶石只有一、兩顆，要不就是貼上印有寶石照片的貼紙。」

「對耶，我想起來了，一些比較複雜的機械按鈕等等，只要一做成玩具，都變成是印有按鈕的貼紙了。」

「可是現在的小孩子根本不吃那一套。雖然不至於要真的發射出雷射光什麼的，但是玩具的外貌形體必須和原始設定一模一樣才抓得住小孩子的心。老公，你今天早上也看到那個動畫，應該也發現了吧，優美的那個茜茜仙環和主角小茜手上的是一個模子印出來的啊。」

「那倒是。」

「對吧?現在全是這樣的商品。所以說，要是等動畫先出來，再搭順風車製作玩具就太落伍了。必須以能夠製作成相關商品爲前提，再爲動畫角色設定隨身配件道具;也就是說，要是無法生產出相關商品的動畫角色，根本毫無存在的價值。」

「原來如此。」川島佩服地望著妻子的側臉，「可是，既然做父母的都很清楚這是玩具公司的陰謀，爲什麼還會隨之起舞呢?」

「所以說這是個永無止境的無間地獄啊。」智子冷冷地回道。

4

雖然心中多少有預感，優美果然遲遲不肯離開玩具賣場，吵著要爸媽買茜茜超級仙棒。川島言之鑿鑿地說他絕對不買，因爲他本來就覺得不應該孩子吵著要什麼就買給她，再加上剛才聽智子說了那番玩具製造商與動畫公司的陰謀論，心裡更是不爽快。

「上次不是才剛買茜茜仙環給妳了嗎?今天只是來買裡面的珠珠的，買到了就回去吧。」

*1「仮面ライダー」，爲日本漫畫大師石森章太郎原著，由東映於一九七〇年起所製作的特攝劇集，風靡日本全國至今不輟。故事描述假面騎士與邪惡組織的對抗，或是騎士彼此之間的對決。

川島強勢地拉著淚水在眼眶裡打轉的女兒，離開了玩具賣場。

那一刻，他仍堅信自己的舉動是正確的，很有男子氣概地心想，是那些孩子吵著要什麼就買什麼的爸媽做錯了。

然而——

隔天傍晚，優美哭喪著臉回到家，兀自躲在客廳角落哭了好一會兒。她這一天應該都是和小夢在一起玩，出門時還特地帶了裝著新的茜茜神力珠的茜茜仙環在身上。

吃晚餐時，優美還在鬧彆扭，而且不知怎的，她看都不看父親一眼。

川島直到優美上床睡覺之後，才得知優美到底在生什麼氣。就在他一邊看著運動新聞一邊喝啤酒時，智子壓低聲音把事情的來龍去脈告訴了他。似乎是因為優美沒有茜茜超級仙棒，沒辦法和其他小朋友一起開心地玩遊戲。

「怎麼這樣子？沒買那種東西就被大家排擠，太誇張了吧。」

「是不至於到排擠啦，只不過，她們的遊戲規則好像是沒有仙棒的人就不能演超級公主。」

「不能演？什麼意思？」

「就是沒辦法當女主角的意思，因為超級公主必須同時握有茜茜仙環和茜茜超級仙棒兩種武器；沒有茜茜超級仙棒的人，只能當超級親衛隊女孩。昨天的動畫劇情好像是這麼安排的。」

妻子接連說出動畫中的虛構名詞，川島覺得腦袋有些混亂。

「妳的意思是那些小朋友要優美當親衛隊？」

「是啊。」

「有什麼關係，當親衛隊也不錯呀。」

「可是其他的小朋友都是當超級公主啊。」

「都是？同時有那麼多主角？」

「無所謂吧，她們好像有自己的遊戲規則。」

「是嗎……」

太難理解了，川島搖了搖頭，繼續喝啤酒。

「老公，優美這樣太可憐了啦，買給她吧。」智子露出求情的眼神。

「妳說要買那個什麼棒？」

「茜茜超級仙棒。」

「不行！」川島搖著手，「就是妳太寵優美了，她才會這麼沒耐性，也要讓她學會忍耐才行啊，何況又沒必要所有東西都和大家一模一樣。」

川島喝乾啤酒，說了句：「我去睡了。」便站起身離開了客廳。

但是兩個星期後的星期六，川島一家三口的身影又出現在百貨公司的玩具賣場，目的當然是買茜茜超級仙棒。這兩個星期以來，優美完全不和川島說話。川島再怎麼堅持他所謂做父母的原則，畢竟是受不了女兒來這招，換句話說，他徹底地輸了。

「聽好了，這是最後一次，以後絕對不能再買這種東西給優美了哦。」

「你跟我說有什麼用。」

「還不都是因為妳太寵她才會這樣。」

「什麼啊？被優美討厭而自己在那邊沮喪老半天的是誰啊。」

川島夫妻在等待店員包裝茜茜超級仙棒的時間裡，悄聲地爭論著，而兩人的視線都不曾離開寶貝優美。優美依舊流連在「超級公主小茜」的角色相關商品專區裡，川島心想，那種可惡的動畫，拜託早點演到完結篇吧。

「有件事，對你來說可能不是好消息。」智子低聲說道。

「怎麼了？」川島問道，心中同時浮現不好的預感。

「柳原太太他們好像買了那套公主服了。」

「什麼服？啊，該不會是……」川島的視線移向優美緊盯著的大型展示櫃，「……那個『超級公主小茜』的服裝？」

「正是。而且他們家連成套的鞋子和假髮都買了，我聽到優美一臉羨慕地說，小夢現在完全變身成超級公主小茜了。」

「那又怎樣？反正只有小夢他們家買了全套吧。」

「我是聽說小留美和真理子的爸媽也都要買給她們了。怎麼辦，這麼一來優美又會被比下去了。」

「不准買！」川島語氣尖銳地說道：「開什麼玩笑，那種東西買來能穿出門嗎？我可是好幾年都沒買新西裝耶，爲什麼要把錢花在那種怪衣服上頭？絕對不准買！聽到沒！」

「我知道啦，你小聲一點好不好？很丟臉耶。」

「絕對不准買……絕對……」川島反覆嘀咕著，心中同時響起先前智子形容過的無間地獄。

5

這裡是玩具製造商「TAKORA」的商品開發部辦公室。

例會開始了，出席者包括常務董事、部長與開發部員工，總共約二十人列席。首先起立報告的是開發部員工A。

「下一部動畫的企畫已經大致敲定了，先由我向各位報告一下：片名叫做《甜心小魔鬼久留美》，主角是這個。」

開發部員工A拿起說明板，上頭畫著的是一個黑色系裝扮的美少女，頭上有兩支角，屁股還長了一條尾巴，背上伸出一對蝙蝠翅膀。

「黑色系啊。」常務董事皺起眉頭，「小孩子會喜歡黑色嗎？」

「常務，您的考慮我明白，不過最近的小孩子，審美觀很接近大人。我們開發部全體員工一致認爲，在黑色系服裝成爲成人女性必備款的今日，小女孩也會被黑色系的裝扮所打動。」部長客氣但自信滿滿地說道：「而且若以黑色爲基調，還能夠搭配許多至今從未使用過的顏色製作相關商品。」

「哦？比方說？」

「首先是關於女主角手上拿的武器——『甜心魔棒』。」開發部員工A拿出插畫說明道：「我們想製作成金色的。」

插畫上頭是一支透明管子，裡頭排列著金色的小珠子，棒子兩端則是圓滾滾的心形裝飾。

「原來如此，魔棒裡面和茜茜仙環一樣裝著小珠子啊。」常務董事點了點頭，「所以裡面的珠子也是可以拿出來玩的嘍？」

「當然可以。」開發部員工A回答：「而且這次的珠子規格，預計會比茜茜仙環的珠子小一號。」

「哦？爲什麼？」

「是這樣的。因爲茜茜仙環的珠子與彈珠的尺寸差不多，一旦珠子搞丟，有些家長會拿彈珠替代，因此這次我們設計成比彈珠小的尺寸，就是爲了防止這種狀況的發生。另外補充一點，要是珠子太小，又有可能有人會拿小鋼珠來替代，所以我們原先是想製作尺寸比彈珠大的珠子，但是這麼一來，珠子滾進冰箱下面找不到的機率又變小了，最後我們才決定設計出這個不太大又不太小的最佳尺寸。」

「補充用的珠子應該還是另外賣吧？」

「那當然。」

「那這次是以什麼形式販售？又要裝在珠寶盒裡面了嗎？」

「是的，只不過這次會以『甜心魔幻首飾組』的形式販售，加進手鐲與耳環等首飾，單價就能提高，而甜心項鍊的珠子，就是魔棒裡所使用的小珠子。」

「OK，就這樣吧。」常務通過提案了，「不過啊，這次魔棒兩端的造形有點不搭哦。既然主角叫做『甜心小魔鬼』，應該是個小惡魔的形象吧？而說到惡魔的武器，感覺前端應該是尖尖的長矛狀才對呀？」

「是的，若以動畫角色的配件來看，長矛狀確實比較符合形象，但是要生產成玩具，必須考慮到安全性，尖尖的對小孩子來說有可能發生危險，所以我們才設計成您見到的這個樣子。」

「也對，可千萬不能讓消費者的小孩子受傷。」常務頻頻點頭。

接下來是其他新開發商品的報告，會議最後則是現狀報告。

開發部員工柳原站了起來。

「我向各位報告一下『超級公主小茜』相關商品目前的狀況：銷售數字依舊長紅。補充報告一點，S區銷售臨界點的K氏一家（*1）終於買下一套公主服了。」

會議室響起一片讚賞的聲音。

「這樣啊，那位K先生終於低頭了！」

「幹得好！」

「眞的是好不容易攻破了呢！」

柳原等到大家靜下來之後，繼續說道：

「所以我們可以大膽斷言，『超級公主小茜』的忠實觀眾小女孩兒們，幾乎已經是人手一套公主服了。因此這個週末所播放的動畫裡，我們打算立刻讓小茜換上全新的一套裝束。」

川島家，星期日。

「搞什麼啊——！爲什麼我們家才剛買那套公主服，女主角的裝扮又換了一組！」

川島抓著電視死命搖晃，身旁的優美則是放聲大哭。她身上穿著的，正是與上週的超級公主一模一樣的公主服，還是全新的。

*1 「川島」的羅馬拼音爲Kawashima，開頭文字即爲K。

不笑的男人

1

拓也站在飯店正前方，驚訝得連話都說不出來，一逕抬頭望著這棟高聳的建築物。身旁的搭檔愼吾也是一樣的反應，嘴巴張得大大的。

「好了，你們在發什麼呆啊？快點進去啦！」經紀人箱井催促著兩人。

「箱井先生，眞的是這裡嗎？」拓也指著飯店正面的玄關問道，玄關旁站著一身制服的飯店接待員等著迎賓。拓也和愼吾從未住過有正式接待員的飯店。

「是啊，這裡就是你們今晚的投宿地點。」

「眞的假的！」愼吾一臉驚喜與興奮，「太炫了吧！我沒住過這麼炫的飯店耶，我們今晚眞的可以住在這裡嗎？」

「就是這裡沒錯。這次邀你們演出的客戶弄錯了，訂了最高級的飯店。雖然他們發現失誤之後，緊急聯絡更換飯店，不巧其他飯店今晚都沒有空房，就讓你們賺到啦。」

「嗚哇！超幸運的！」愼吾彈了個響指。

箱井撇著嘴說：

「別高興得太早，你們這兩個傢伙要是有更出色的才藝，人家也不會試圖換飯店吧。因爲這次的失誤，對方的負責窗口應該被罵到臭頭了，居然幫你們這種三流的搞笑藝人安排了最高級的飯店。」

經紀人說的一點兒也沒錯，兩人無法反駁，只能默默地低下頭。

一走進飯店，拓也環視四周，內心不禁感嘆，有些人平常就是出入這麼高級的飯店呢。飯店一樓空間十分寬廣，即使拿來打業餘棒球也綽綽有餘；一旁便是開放式空間的沙發區與餐廳，地板如鏡面般光可鑑人，要是走得太急，甚至有可能滑倒；天花板垂下豪華的裝飾吊燈，大廳並排著數張宛如社長級人士專用的座椅，從牆面到扶手到柱子旁放置的菸灰缸，全都擦拭得閃閃發亮。

拓也心想，這簡直是另一個世界嘛。而語彙貧乏的愼吾則是不停地「好炫！好炫！」讚歎個不停。

箱井在櫃檯辦完入住手續後，回到兩人身邊，遞給他們一個信封。

「你們的房間是一五一三室，然後這個是晚餐券和明天的早餐券。」

「箱井先生你不和我們一起住嗎？」

「我住別的地方，高級飯店只要準備給當紅藝人就好了吧。」箱井的語氣非常尖酸，

「我明天早上十一點來接你們，不准讓我等哦。」

「是，知道了。」兩人鞠躬回道，話聲未落，箱井早已一個轉身朝飯店出口走去。

「咦？房間鑰匙呢？」愼吾問道。

「他沒給我啊。」

「真的假的……」慎吾當場傻眼。這時，一身灰色制服、身材挺拔的飯店接待員走了過來。

「二位現在方便的話，由我帶領二位前往客房好嗎？」

拓也看著眼前的接待員，眨了好幾次眼，只見對方一副理所當然的語氣，而且手上正握著房間鑰匙。

「呃，喔，那就麻煩你了。」

「您的行李就交給我吧。」說著接待員提起拓也腳邊那個髒兮兮的運動提袋，接著望向慎吾的登山背包，「客人，還有您的行李也交給我吧。」

「啊，不用了，我自己拿就好。」

「好的。」接待員點了點頭，「那二位請隨我來。」旋即邁出步子。

拓也和慎吾跟在接待員身後，拓也的視線不禁落在接待員制服的褶線上，那一身衣褲顯然是剛燙過的，筆挺且剪裁合身，他甚至覺得這套制服比他和慎吾的服裝都要高級得多。

兩人被帶進客房，拓也再次嚇得睜圓了眼。由於訂的是雙人房，房裡當然有兩張床；出乎意料的是，居然還附了一整套沙發組的休憩空間。

接待員在說明完緊急逃生路線之後，留下一句：「如果有任何不清楚的地方，請隨時打電話至櫃檯給我即可。」便離去了。這個人從頭到尾都是板著一張撲克臉。

「哇，太炫了！」慎吾望著迷你吧檯後方成排的酒說道：「還有白蘭地讓我們喝到飽耶！」

「別傻了，喝掉的當然會在結帳的時候算錢啊，你不怕被箱井先生痛罵一頓就喝吧。」

「是喔，那擺出來不是給我們看心酸的嗎？」

「別管那些酒了啦，我肚子餓了，去吃晚餐吧。」拓也打開方才箱井遞給他們的信封，抽出晚餐餐券，沒想到裡頭還夾了一張紙條。「咦？這是什麼？」

紙條上面寫著：

「你們明天的演出要是沒能讓客戶滿意，就等著被炒魷魚吧。祝你們有個愉快的最後一夜。」

「慎吾，慘了！你看這個！」

「幹嘛啦。」慎吾的視線遲遲離不開那些洋酒，好不容易回頭瞥了紙條上的留言，兩眼頓時睜得老大，「呿，那我們不是玩完了？」

「眞是要命。這下該怎麼辦才好？」拓也倒到床上，抱頭苦思。

2

拓也與愼吾是職業的搞笑藝人，平日的工作就是演出短劇與漫才（*1）。他們是中學同學，念書時期，每次只要兩人湊在一起說笑，總會逗得身邊的人哈哈大笑，於是他們有了自信，畢業後便一同進入了「花木專業搞笑藝人養成中心」。

之後過了五年，他們原先自認爲是不世出的搞笑天才，但那份自信很快便蕩然無存。同期當中不少人都已經擁有固定的演出節目，他們倆卻依然在超市開幕或祭典的餘興節目中求生存，至今還沒被炒魷魚的唯一原因就是，在搞笑藝人圈子裡，兩人的長相還算頗優，連藝名拓也與愼吾，也是取自某知名偶像團體團員的名字（*2），他們的本名是義昭與安雄，相當土氣。

這次的演出工作，是某地方都市拉麵祭的暖場助興，然而主辦單位原先敲定的藝人臨時得了盲腸炎無法上臺，於是緊急換他們兩人代打，工作時間是今日與明日兩天。

「唉，今天觀眾的反應眞的不太妙啊。」愼吾搔著頭說道。

「是啊，糟透了。」

「嗯，臺下的人一點也沒被逗笑耶。」

「豈止沒被逗笑，我看我們根本不是在搞笑，而是在辦催眠講習會吧，下面大概有一半的觀眾都睡著了。」

「哈哈哈！」慎吾笑著說：「這個好笑，下次拿來當梗吧。」

「別鬧了，我們現在可是最後一搏了好嗎？」拓也拎著那張箱井寫的紙條在慎吾面前晃了晃。

「我知道啊，可是觀眾就是不笑，我們又能奈何？」

「不能就這樣放棄吧，明天之前得想點辦法才行。」

「不過想辦法之前，先填飽肚子吧，肚子空空什麼屁都想不出來啊。」

晚餐的用餐地點是位於一樓的餐廳，兩人正打算搭電梯下樓，電梯門一打開，方才那位撲克臉接待員就杵在裡頭，看樣子這層樓都是由他負責接待的。接待員朝兩人點頭致意，旋即面向樓層控制面板操作了起來。

然而一抵達一樓，拓也兩人才走出電梯，身後的接待員便出聲道：「這位客人，不好意思，您的服裝……」接待員伸出掌心朝上，比了一下慎吾的牛仔褲。

*1 「漫才」是一種站臺喜劇形式，類似中國的對口相聲，通常由兩人組合演出。一人負責擔任較嚴肅的找碴角色（ツッコミ），另一人則負責滑稽的裝傻角色（ボケ），兩人以極快的速度互相講述笑話，大部分的主題圍繞在兩人彼此間的誤會、雙關語和諧音字。

*2 「拓也」日讀音同「拓哉」，此處暗指日本知名偶像團體Smap。

低頭一看，愼吾的低腰牛仔褲搭拉得非常低，露出了花色俗氣的平口內褲褲頭。
「啊，不好意思。」愼吾連忙拉高牛仔褲，卻被拉鍊夾到了手指，連呼：「好痛好痛！」
但接待員依舊是面無表情，對兩人再度行了一禮之後便離去了。
「哎呀呀，眞是太糗了。」進到餐廳後，愼吾又提起剛才的事，「幸好沒被其他客人看到。」
「不過那個撲克臉居然笑都不笑一下呢。」
「人家可是受過訓練的。要是取笑客人的出糗，對飯店的形象很不好吧。」
「話是這麼說，可是忍笑也很痛苦啊。」拓也腦中浮現那位接待員的臉孔，突然豎起食指說：「對了！不如我們來挑戰這個吧！就今晚一晚，想辦法讓那個接待員笑出來。」
「啊？幹嘛挑戰這種事？」
「當然是爲了測試搞笑功力啊。只要能夠逗那傢伙笑出來，明天的觀眾一定也會被我們逗得全場大爆笑的。」
「或許吧，不過要怎麼逗那個人笑？」
「這就是我們今晚要努力的。挑戰時間到明天早上退房爲止。」拓也說著又加了一句：
「要是挑戰不成功，我們兩個的搞笑生涯也就到此結束了。」

3

電梯門打開，撲克臉接待員走了出來。

「眞是抱歉，我一個沒注意就……」拓也向他道歉。

「二位是一五一三室對吧？」接待員快步走向客房門口。

兩人的客房門前立著一大盆觀葉植物，是他們從電梯大廳搬過來的，而愼吾正杵在植物後方。

他全身一絲不掛，胯下只拉了一片葉子遮著。

然而接待員看見愼吾這副模樣，眉毛也沒挑一下，只是平靜地問道：「您會不會冷呢？」

「我剛剛正想沖個澡，」愼吾說：「才脫掉衣服，就聽到這傢伙在門外拚命叫我，我一急之下衝了出來，沒想到門就這麼關上了。」

「誤鎖上門是常有的事，請別放心上。」接待員邊說邊拿出萬能鑰匙，兩三下就打開了房門，對兩人說了聲：「請進。」臉上仍舊沒有半點笑意。

「呃……」愼吾露出有些困惑的神情，接著從那盆觀葉植物上拔了一片樹葉下來遮住重點部位，但他的胯下物還是清楚地露在外頭，當然他是故意的。

「這位客人，」接待員說著扯下另一片樹葉，「您要不要改用這片呢？」那是比愼吾手上的還要大片的樹葉。

「喔，謝謝你。」愼吾一臉難爲情，接下了樹葉。

兩人回到客房一關上門，拓也立刻湊上門上的貓眼窺看外頭，想看看接待員是否會在客人背後偷笑，然而撲克臉只是默默地將那盆觀葉植物搬回原處。

「眞是大失敗啊。」拓也說道。

「他的臉上連一絲苦笑都沒有呢。一句『這是常有的事』就四兩撥千斤帶過，太強了。」

「唔……，這個梗可能太平凡了。」拓也又躺回床上，「也對，脫光光被鎖在門外的確是常有的事。」

「拜託不要現在才講這種話好嗎？我剛才丟臉死了耶。」愼吾穿上衣服之後，打開了電視。

「你還有心情看電視？」

「我只是要確認一下有哪些頻道嘛。」愼吾拿起節目表，坐到椅子上一看，突然笑了出來，「嘿嘿，拓也，這麼高級的飯店也有A片頻道耶。」

「怎麼可能。」

「眞的啊，你自己看。」

拓也一看節目表，在收費頻道那一欄的確列出了播放成人影片的頻道。

「這裡的客人看上去裝模作樣的，門一關上還不是愛看這種東西。」愼吾冷笑著說道。

「飯店的人應該是看穿了客人的好色心吧……。等等，」拓也突然坐起上半身，「我知道了！來試試這招吧！」

（您好，這裡是接待員櫃檯。）話筒傳來一板一眼的話聲。

「不好意思，我們房間裡的電視好像怪怪的。」

（是。請問是什麼樣的狀況呢？）

「很奇怪耶，我們轉到的是付費頻道，可是沒有畫面。」

（我明白了，馬上過去幫您處理。）

過了一、兩分鐘之後，響起敲門聲。打開門，門外正是撲克臉接待員。

「不好意思，一直麻煩你。」拓也對接待員說道。

「應該的。您說電視怪怪的是嗎？」

「是啊。」

接待員走近擺在窗邊的電視，只見電視螢幕一片青色，沒有半點影像。

「嗯，眞的怪怪的。」接待員說著探頭望向電視後方，很快便一副了然的語氣說：

「哦，原來如此。」

其實只是收費頻道的收訊盒連接電視機的電線沒接上，而不用說，這正是拓也兩人的傑作。

接待員將手伸往電視機後方，將電線接上。

下一秒，電視畫面清楚地播出一對全裸交纏的男女，喘息聲透過電視喇叭傳了出來。

拓也心想，這下你總該有些表情變化了吧，一邊望向接待員。沒想到撲克臉依舊一臉嚴肅地凝視著電視畫面，那眼神與其說是在觀賞內容，更像是在觀察螢幕顯示正常與否，畫面上女子赤裸的胴體似乎完全沒有映入他的眼簾。接著接待員抬頭望向拓也兩人說：

「我想這樣應該沒問題了。」他的聲音與語氣毫無變化。

「呃，啊，喔……」愼吾一逕呆立著。

「咦？可是，還是很怪呀。」拓也望著畫面說道：「怎麼有些部分看不清楚呢？」

「有嗎？」接待員一臉狐疑，視線又移向螢幕。

畫面中的女子正在幫對方口交，拓也指著女子的嘴邊說：「有啊。你看，這裡模模糊糊的，根本看不清楚嘛。」

嘿嘿，那兒打了馬賽克，當然看不清楚嘍。拓也暗自竊笑，等著看接待員忍俊不禁的表情。

「客人，」然而，接待員的語氣依然沉穩，「根據我國的法律，過於激情的性描述影像是不能播放的，因此會針對這些部分加上後製使其模糊化。您所看到的這部分也是被認定隸屬該範疇，所以非常遺憾，可能無法讓您看到更清楚的影像了。」

「喔……，沒辦法啊……」

「是的，很抱歉。」接待員似乎打從心底為此事感到遺憾，低頭行了一禮。

拓也與愼吾互望一眼，他們已經無計可施了。

「那麼，不好意思，」接待員抬起臉說：「事情就如我所說，並非電視故障，還請二位多多包涵。」

「啊，我知道了。」拓也點點頭，「辛苦你了。」

「招待不周，還請見諒。如果還有什麼狀況，請隨時吩咐。」接待員從頭到尾都是一副過意不去的神情，兩人愣然地目送他走出房門。

4

「也就是說，黃色笑話是行不通的。」拓也得出了結論，「像這種飯店，一定有很多男女都是為了幹那件事而前來投宿，所以飯店的人應該很習慣有關那方面的種種危機處理吧。」

「眞想來這裡當接待員啊。」愼吾的語氣還頗認眞。

「和性慾扯上邊行不通的話，那麼和食慾呢？」拓也拿起餐桌上的客房點餐菜單。

「你想幹嘛？」

「看著吧。」拓也拿起電話話筒，按下號碼鍵。

（您好，這裡是客房服務中心。）

「你好，麻煩給我們咖哩飯、咖啡、飯，各一份。」

（好的，您點的是咖哩飯、咖啡、飯，各一份。謝謝您的點餐，馬上幫您送過去。）

「麻煩了。」拓也掛上電話。

「你在幹什麼？白飯也點太多了吧？」愼吾說到這，突然拍了個手，「啊，我知道了，你是想把一人份的咖哩倒到兩人份的飯上吃吧？眞聰明耶。」

「你覺得我現在還有心情想那種窮酸的事嗎？別講那些有的沒的，等一下就照我說的做吧。」

拓也接著下了指示。愼吾一聽，滿臉不情願地說：「呿，一定要那樣做嗎？」

「這是爲了我們的搞笑事業，你就忍一忍吧。」

拓也話才剛說完，傳來敲門聲。

「抱歉讓二位久等了。」撲克臉接待員端著盛滿食物的餐盤現身了，「請問我將餐點放在哪裡，二位比較方便呢？」

「麻煩幫我們放到餐桌上吧。」

慎吾早已在餐桌旁坐得端端正正的，一副就是等著餐點上桌的模樣。

「啊！」慎吾突然大喊：「這不是我點的餐！」

接待員的臉色瞬間沉了下來，「不好意思，請問餐點送錯了嗎？」

「錯了啊！我才沒點這種東西呢！」

拓也看了看桌上的餐點，咋了個舌說道：「啊，真的耶，他說的沒錯，餐點送錯了。」

「呃……」接待員拿出訂餐單確認，「二位點的是咖哩飯、咖啡和白飯，對嗎？」

「不對啊，我不是點這些。」

「咦？不好意思，請問二位點的是……？」

「人家不要吃這樣全都分開來的東西啦！」慎吾像使性子的小孩似地跺著腳。

「別氣嘛，那這樣不就好了。」拓也說著拿起咖啡壺，將裡頭的咖啡直接澆到那碗白飯上頭，白色米飯旋即染成了咖啡色。

慎吾於是拿起叉子舀了一口吃進嘴裡，眼神頓時閃著喜悅的光芒。

「哇！就是這個味兒！」慎吾開始大口大口地吃著這碗咖啡色的飯，接著高高舉起叉子說：「這正是最完美的咖啡飯啊！」

「咖啡飯？」撲克臉也不禁睜大了眼。

「對呀！我們點的是咖哩飯、咖啡飯各一份。」拓也豎起兩根手指。

這下他總會笑出來了吧？

但接待員還是沒笑，默默地望著愼吾吃了好一會兒，突然向拓也點了個頭，走出了房間。

房內的兩人一時間愣愣地望著關上的房門。

「沒用嘛！」愼吾扔掉叉子，「完全失敗。他根本沒笑啊，只是被嚇到，覺得很噁心罷了。」

「唉，我還以爲這招肯定夠力呢。」

「還害我呑了這麼難吃的東西下肚，這是人吃的嗎？嘔……」愼吾拿起水杯灌水。

「難道是這個梗太難懂了嗎？」

「很難懂啊，腦子要轉好幾圈才懂你的笑點在哪吧。」

愼吾話剛說完，又響起敲門聲。拓也過去開門，發現門外站著那位接待員。

「不好意思，我想，使用叉子可能不是很方便吃咖啡飯，所以……」接待員說著遞出一支擦得閃閃發亮的湯匙。

5

敲門聲響起，門外站著的是撲克臉接待員。

「您說浴袍有問題是嗎？」他以非常客氣的口吻說道。

「嗯，可能是尺寸不合吧。」拓也回過頭看向房內，「不過我覺得更有可能是設計的問題耶。」

身穿浴袍的愼吾現身了，看到他那副模樣，任誰都會覺得萬分詭異吧，因爲他身上的浴袍根本是上下顚倒的，衣襟的部分在腹部一帶，而本來應該掩上軀幹的部分則是圍住他的頭，浴袍腰帶還像條領帶似地繫在頸子上。

接待員怔怔地望著愼吾好一會兒，拓也滿心期待著這位撲克臉噗哧笑出來。

「非常抱歉。」但接待員只是一臉認眞地低頭道了歉，「由於敝飯店的疏失，不愼提供了品質不良的浴袍，眞的是萬分過意不去，我馬上替您換上全新的。」說著他攤開自己帶來的浴袍，「能麻煩您先將身上的浴袍脫下來嗎？我幫您換上這件。」

「喔……，好的。」一身愚蠢打扮的愼吾慢吞吞地脫掉那件倒著穿上身的浴袍，接待員接著將自己手上攤開的浴袍袖子套上愼吾的手臂。

「這樣會不會太緊還是太鬆？」接待員一邊幫愼吾繫好浴袍帶子一邊問道。

「呃，不會……，這樣剛剛好。」愼吾回道。

「不好意思，給二位添麻煩了。如果還有任何狀況，請隨時吩咐。」接待員拿起愼吾脫下的浴袍，恭謹地行了一禮，走出了房門。

拓也與愼吾面面相覷之後，不約而同地癱坐在地。

響起敲門聲，那位撲克臉又出現了。

「請問有什麼我能爲您服務的嗎？」

「呃，是這樣的。我朋友啊，一定要有人唱搖籃曲給他聽才睡得著覺，所以我想說今晚就由我下海爲他唱歌吧，可是啊，我朋友卻說他聽了我的歌，怎麼都睡不著，我想麻煩你幫我聽聽看問題到底出在哪裡好嗎？」

「原來如此。」接待員顯得有些困惑，「由我來聽，可以嗎？」

「你先聽聽看吧？」

「好的。那麼，請開始吧。」

拓也做了個深呼吸之後，扯開嗓門唱起歌來。被窩裡的愼吾頓時輾轉反側，似乎很難入睡。

拓也進入搞笑藝人這一行，雖然搞笑功力普普，唯獨一項特技，他有絕對的自信能夠逗笑別人，那就是他的歌喉。他從小就是個嚴重的音痴，即使自認是認眞地唱著歌，但只要聽過他五音不全歌喉的人，總會笑得東倒西歪的，屢試不爽。

然而，當聽眾是這位撲克臉時……

接待員靜靜地聆聽到最後，不但眉毛動都沒動一下，甚至還鼓起掌來。

「我覺得您唱得很好呀！」這是他的第一句評語，「或者可說是非常前衛吧？總之，是非常有個性的歌喉哦。」

對方不但沒被這破鑼嗓子逗笑，居然還大爲讚賞，拓也不禁當場傻眼。

「只不過呢，如果要當催眠曲的話，這種唱法可能不是那麼合適，或許有點太刺激了。」接著接待員突然站得筆直說道：「請您跟我這樣發聲。啊——啊——啊——」接待員發出完美的男中音。

「啊啊、啊啊、啊啊啊。」拓也模仿著接待員的唱腔。

「您的肩膀太緊張了，請放輕鬆。來，啊——啊——啊——」

「啊啊啊、啊啊啊、啊——」

「嗯，好多了。再試一次吧。啊——啊——啊——」

「啊啊、啊——啊啊——」

歌唱訓練持續到天明。

6

「我還是回鄉下老家去好了。」愼吾嘆著氣說道。他與拓也正享用著早餐。「想得到的梗都試過了，卻連個接待員都搞不定，看樣子我們眞的不是吃這行飯的料。」

拓也沒吭聲，默默地吃著眼前的早晨套餐，因爲他的喉嚨太痛了。經過昨夜魔鬼式的歌唱訓練，喉嚨整個腫了起來。他本來很擔心隔壁客房的人會不會過來抗議，但不知是幸還是不幸，昨晚鄰近似乎都是空房。

拓也也打算退出搞笑藝人圈子了，他已經深深覺悟到，他與愼吾這對搞笑搭檔根本毫無前途。

兩人離開餐廳來到大廳，那位接待員正走過眼前，一見到兩人，立刻停下了步子。畢竟是共處了好一段時間，兩人的面容他都記得了吧。

「二位今日退房嗎？」

「嗯，是啊。」

「這樣啊。有不周到之處，還請二位多多包涵。」他深深地低頭行了一禮。

拓也心想，不必向我們鞠躬好嗎？我還比較希望你賞個臉笑一下。

「別這麼說，我們才要謝謝你的多方照顧。」拓也說道。

這時，身旁的愼吾突然伸手進背包裡拿了個東西出來。
「貴飯店萬分舒適，寡人相當盡興。」他邊說邊將那東西戴到頭上。那是他們昨天上臺表演短劇時所用到的古代君王假髮。
這應該是愼吾最後的一搏了吧，但這張王牌畢竟還是揮棒落空。空虛的沉默包圍著三人，接待員的臉部肌肉動也不動，視線盯著一頭古代男子髮髻的愼吾看。
「哦——」接待員開口了，「原來您是從事這方面的工作呀。」
「嗯，是啊。」愼吾一副下了表演舞臺的神情，摘下了假髮。
「工作很辛苦吧？」
「很辛苦啊。」回答的是拓也，他打從心底如此認爲。
「必須手很巧才能走這一行吧。」
「也還好啦，手不巧也無所謂吧。」
「可是，不是得將頭髮一根一根植上去嗎？」
「啊？」拓也不禁盯著接待員的那張撲克臉，「你在說什麼啊？」
「呃，因爲，二位應該是製作假髮的師傅吧？」接待員交替望著愼吾與拓也。
拓也覺得全身登時沒了力氣。
「不是的，我們兩個是搞笑藝人。」

「搞笑……」

「看也知道吧？不然我們昨天幹嘛玩出那麼多有的沒的的花樣啊！」愼吾的語氣難掩怒意。

「您是說，二位的工作是搞笑藝人？」

「沒錯。」兩人同聲回答。

撲克臉接待員凝視著兩人好一會兒，終於開口了：

「二位眞是愛說笑呀。」

接著他面朝斜下方，微微地笑了。

奇蹟美照

1

遙香在學生餐廳裡吃著義大利麵，眼前突然落下人影。她抬頭一看，兩名女學生正望著她，是和她一同上研討課的好友。

「上次的照片洗出來了耶。」短髮的里佳拉了椅子坐下。

「去山中湖的照片嗎？」

「嗯。」

「不知道拍得好不好呢，那時候我的臉有點水腫啊。」開口的是彩花，她身材高䠷，有著一張清秀的臉龐。

里佳將照片全攤在桌上，這些以山中湖周邊景色爲背景拍的出遊照片，拍攝技術實在說不上高明。照片上是一張張熟悉的臉孔，都是同一班研討課的同學，當中也包括了遙香的身影。

這個夏天，研討課的校外教學地點挑了山中湖，教授與助教也同遊，一行浩浩蕩蕩共十人。

「啊，這張拍得好漂亮！我本來還擔心煙火不知道拍不拍得出來呢。」

「啊——，這張好慘，我的眼睛閉上了啦。自拍快門按下的時候，突然一陣強風吹來，我實在忍不住就閉上眼睛了。哎喲！真討厭！」

「妳們看這張。教授那傢伙一臉紅通通的，被一堆年輕女生圍在中間，他一定樂得不得了。」

「哎喲，怎麼把我拍得那麼醜！整張臉都是腫的嘛！」

三人一邊聊著旅行時的點滴回憶，一邊看著照片，里佳突然拿起當中一張照片，顯得一臉納悶。

「咦？這是誰啊？」

「我也要看！我也要看！」彩花探頭過來看向照片。

「妳看站在正中間的這個女生……」

「咦？穿著藍襯衫的，不就是……」

里佳與彩花同時看向遙香，接著視線落到照片上，然後又望向遙香的面孔，兩人都訝異得睜大了眼睛。

「應該是……遙香吧？」里佳喃喃說道。

「嗯。」彩花點點頭，「我也覺得是遙香。」

「幹嘛啦？怎麼了？」遙香說著從里佳手上搶走照片，那是三個女孩子的合照，左右兩人分別是里佳和彩花，而站中央的，正是……

「咦！」遙香也頓時目瞪口呆。

「自己也嚇了一跳吧？」彩花一臉要笑不笑的神情。

「這是……我嗎？」

「妳看打扮，妳那天不就是穿那件藍襯衫嗎？」里佳說。

「對耶。」遙香再次盯著照片看，這還是她有生以來第一次端詳自己的照片這麼久。

彩花伸手過來拿走遙香手上的照片，由於動作太粗魯，遙香不由得在心中大喊：不要亂扯那張照片！

「嗯……，真的是遙香耶。心裡預設是遙香再看照片，就覺得是她了。」

「就是說吧。」里佳湊了上來，交互望著照片和遙香，「唔……，角度抓得好的話，也是拍得出這麼美的照片啊。」

「完全變了個人呢。」

「對呀對呀，根本像是兩個人嘛。」

遙香聽著兩位好友的連連驚歎，內心五味雜陳。的確，透過調整拍攝角度與光線變化，很可能拍出與被攝體本人樣貌相去甚遠的照片，但是這兩人會如此驚呼不斷，正說明了這張照片拍得與本人的差異有多麼大。

坦白講，照片上的遙香拍得比本人要美上好幾倍。不止有陰影修飾她略胖的身形，而且五官深邃，簡直就像個偶像明星。

里佳與彩花畢竟是好朋友，在遙香面前並沒有說出「拍得比本人漂亮呢」這種傷人的話，這就是她們的貼心之處吧。

「照片上的我拍得很不錯呢。」遙香想讓兩人別再憋了，於是自己先開了頭。

這麼一來，兩人彷彿瞬間被解開咒縛似地，露出鬆了口氣的神情。

「對呀，照片上的遙香眞的很可愛哦。」里佳說。

「要是本人也長這樣的話，一定很有男人緣呢。」彩花也不小心說出了眞心話。

本人長得這麼醜，眞是不好意思喔。——即使暗自嘀咕著，遙香還是覺得心情輕飄飄的。

2

回到家，遙香匆匆換上家居服之後，立刻從包包拿出那張照片，坐到沙發上直盯著看，笑意不由得浮上嘴角。

愈看愈覺得是個美人胚子，簡直不像是自己的臉蛋。有個詞兒叫「最佳沙龍照」，這張照片卻遠遠優於那個形容。

遙香拿了小立鏡放在桌上，一邊對照鏡中的自己與照片上的臉龐。

但這麼一看，心情旋即跌到谷底。

鏡中映出的臉蛋怎麼看都稱不上是偶像明星，要說是搞笑藝人也很勉強，因爲最近的女丑一個比一個漂亮。不，即使是從前的女丑，就算不是美人，也都有著獨特的女性魅力。

遙香不禁分析了起來。自己最大的缺陷是——臉非常大，破壞了五官整體的平衡感，讓一對瞇瞇眼看起來更像是兩道細線；而那個殺風景的蒜頭鼻，搞不好也是由於臉大而被橫向拉了開來。

這就是現實啊。遙香沮喪不已，嘆著氣的同時，客廳門打了開來，進來的是哥哥義孝。

「喔，遙香，妳回來了啊。在幹嘛？」

義孝大遙香兩歲，目前在念研究所。哥哥和遙香長得一點也不像，挺拔的高個頭，還有張精緻的小臉，五官深邃，一雙大眼睛。大三的時候還曾被星探找上，想要栽培他當模特兒。而且不用說，哥哥的女人緣好得不得了。

「沒幹嘛啊。」

「喔？那是什麼？照片？」

「啊！不能看！」

遙香還來不及藏起照片，哥哥已經將照片拿走了，他的運動神經也是高人一等。

「哇，這是什麼照片？」

「研討課的校外教學……」

「對喔，妳之前說過要去山中湖玩嘛。不過，妳為什麼要拿著這張照片看？」

「嗯，就今天拿到剛洗出來的啊。」

「可是這張又沒拍到妳。」

「拍到了啊。站中間的那個。」

「中間的？」義孝再度看向照片，頓時張大了嘴，「喂，這這這、這是妳？騙人的吧？」

「騙你幹嘛，拜託你看仔細一點好嗎。」

「我仔細看了啊……」義孝的視線來回於照片與遙香的臉蛋，沉吟了起來。

「你在咕噥個什麼勁啊。」

「嗯，我是在想，這眞的是妳呢。乍看之下還以為是別人，可是仔細一看，也不會說完全不像啦。」

「廢話，就眞的是我啊。還來啦。」遙香說著一把搶回了照片。

「妳啊，也花點心思在化妝上好嗎？技術好的話，就有可能打扮成照片上的模樣了，不是嗎？」

「我平常都很認眞化妝啊。」遙香臭著臉回道：「可是我有什麼辦法？有些缺陷靠化妝就掩蓋得住，但是也有化妝掩飾不了的部分啊。缺少的東西還能夠透過化妝加上去，但本來就存在的東西又不可能讓它消失。我這張大臉你要怎麼變小？蒜頭鼻也沒辦法變細長，總之我這副模樣就是沒救了啦。」

「幹嘛惱羞成怒嘛，我是說妳可以把自己化妝成像這張照片上的臉蛋一樣呀。」義孝突然伸出雙手捧起妹妹的臉一轉，透過各種角度左看看右看看。

「放手啦！哥！很痛耶！」

「嗯……，到底是什麼樣的技術呢？爲什麼能夠把妳拍得這麼美呢？」

「對啦，反正我就是長得醜啦。」遙香揮開哥哥的手。

接下來對那張照片訝異不已的，是父親幸三。晚餐餐桌上，他邊喝著味噌湯看到了照片，嗆到好大一口，把湯噴得到處都是。

「哎喲老爸，你很髒耶。」

「爸！不要弄髒人家的照片啦！」

「抱歉抱歉。不過，眞是讓人大吃一驚啊，這是遙香嗎？哇，很漂亮嘛。」幸三拿毛巾擦了擦老花眼鏡，再次端詳那張照片，眼鏡後方的雙眼瞇得細細的。

除了禿頭以外，幸三的模樣與遙香幾乎是一個模子印出來的，也就是說，遙香只遺傳到了父方的長相；相對地，哥哥義孝則是除了耳朵的形狀以外，面容一點也不像幸三。據幸三說，義孝長得和他們兄妹倆死去的母親完全一個樣。

「看到這張照片啊，會覺得遙香果然還是遺傳到媽媽的臉蛋呢。嗯嗯，不愧是母女，一模一樣呢。」幸三望著照片感慨不已。

「我看到那張照片時，也覺得遙香和我長得很像呢。」

「爸，你說過媽媽是個大美女吧？」遙香問道。母親過世時，遙香還是個小嬰兒，因此對母親的長相毫無印象，更慘的是，家裡沒有任何一張母親的照片。聽幸三說，因爲當年他們窮到連買相機的錢都沒有。

「美得很呢！想娶她的男人多到要排隊，當中也有當醫生的，也有大地主哦。」父親不知怎的挺起了胸膛。

「那樣的大美女爲什麼會嫁給爸？」

「什麼爲什麼？那還用問嗎？當然是因爲我的人品啊。而且多虧了你們媽媽選擇了我，你們兩個才會誕生到這個世界上，所以你們應該要對我心存感謝啊。」與遙香有著相同面容的幸三愈說愈得意了起來。

感謝個頭啦。遙香忍不住想說，還不都是因爲你，連累我長成這副德性。

從小她就一直祈求著，希望自己將來的臉蛋不要愈長愈像爸爸，要是能像俊秀的哥哥就太好了。然而事與願違，遙香的面容一年比一年長得像幸三，愈來愈不像哥哥。親戚們每次看到遙香都忍不住噗哧笑出來，因爲這對父女實在長得太像了。後來她到了妙齡，身邊再也沒人提起這件事，這有默契的沉默宛如暗中訴說著：對女孩子來說，長得像幸三可是致命的缺陷，而這種體貼更是深深地刺傷了遙香的心。

爲什麼我長得不像媽媽呢？遙香望著山中湖之行的照片嘆著氣，不過，有了這張照片，倒是能夠幫她解決一樁問題，遙香也不禁悄悄鬆了口氣。

3

遙香非常熱中於透過電子郵件交筆友，目前固定聯絡的大約有十人，而不定期聯絡的甚至多達五十人。她的原則是，只要對方寫信過來，自己一定會在兩、三天之內回信。

不過最近有個人的來信，她卻遲遲無法回覆。對方捎來電子郵件是在五天前，而這封信讓她整整煩惱了五天。

對方名叫吉岡徹，兩人是在某個樂團的歌迷俱樂部網站上認識的，線上聊天時很聊得來，於是互留聯絡信箱，開始了電子郵件的往來。由於是透過網際網路的交友，兩人從未見過對方，全是透過電子郵件交換訊息。遙香所知道的是，吉岡今年二十二歲，目前是學生，住在練馬區，高中時是籃球社社員，預定明年春天進入某知名電機製造公司上班。當然，這些個人資料不見得全是眞實的，但遙香總覺得吉岡不是會說謊的人。

不過，吉岡前幾天捎來的郵件內容如下：

「上次的演唱會實況轉播，妳也看了嗎？我看了好感動，好一陣子都回不過神來呢。對了，看樣子妳這次旅行似乎玩得很開心，眞是羨慕，不知道是不是方便寄給我當時拍下的照片，讓我也感受一下呢？說實在話，我很想看看妳的面容。公平起見，隨信附上我的照片，這是前幾天校慶時拍下的。」

附件是一張吉岡徹的照片電子檔，他雖稱不上是美形男，卻給人狂野好青年的印象。老實說，他正是遙香喜歡的類型。

收到這封郵件之後，遙香煩惱不已，因爲她知道自己一旦寄照片過去，對方看了一定會非常失望，可是又不能一直裝傻下去。她也想過，乾脆拿好友里佳或是彩花的照片寄給他好了，但她又做不出這種踐踏自我尊嚴的事，更不想欺騙對方。

不過，如果寄的是這張照片的話……

遙香望著這張山中湖畔的照片，臉上不由得浮現笑意。吉岡看了這張照片，肯定不會失望，而且她並沒有欺騙對方，因爲這不折不扣正是她本人的照片。

義孝有掃描機，遙香借來將照片掃進電腦裡，簡單寫了回覆之後，便將照片連同電子郵件寄了出去。她心想，這下問題就解決了吧。

然而問題非但沒有解決，反而變得更複雜了。

兩天後，吉岡回了信，看到信的內容，遙香不禁陷入苦思。

「照片收到了，嚇了我一大跳呢。說實話，我沒想到妳長得這麼漂亮（抱歉失禮了），因爲看著之前的通信內容，妳給我的感覺是個親切的鄰家女孩，很難想像妳本人居然長了一副女明星的容貌。

請容我厚臉皮地提出兩個要求。不知道妳能不能再寄別張照片給我呢？我想看看不同風貌的遙香。另一個要求是，希望妳能抽出時間和我見個面，我都可配合，以妳方便的時間爲主。靜候佳音。」

一看了照片就說想見面，這個人也太厚臉皮了吧。不過遙香一方面也覺得，年輕男性或許都是這副德性吧，而且透過電子郵件交筆友，本來就要有所覺悟，遲早得面臨雙方見面這一關的。

這下怎麼辦吶……。遙香愣在電腦前方，好一會兒無法動彈。

「妳要是不想讓對方討厭妳，只有一個辦法了。」彩花一邊以茶匙舀著優格慕思說道。

「什麼辦法？」遙香急得都快哭了。

三個女生正聚在大學旁邊的蛋糕店裡，彩花和里佳吃著甜點，遙香卻只點了紅茶，她沒什麼食慾。

「還用說嗎？當然是讓騙人的變成事實啊。」

「什麼意思？」

「聽好了，那張在山中湖畔拍到的妳是騙人的，那只要讓它不再是騙人的就成啦！妳現在該做的是，讓自己徹頭徹尾地變裝成那副騙人般的樣貌就對了。」

「不要一直說什麼騙人、騙人的好嗎？那張照片又不是假的。」遙香悄聲地抗議著。

「那和騙人的又沒兩樣。妳想想，要是吉岡見到的是現在這副模樣的妳，一定會覺得自己受騙了吧。也就是因爲這樣，妳現在才會煩惱不已，不是嗎？」

「話是沒錯啦……」遙香低下了頭心想，或許如妳所說吧，可是難道不能說得婉轉一點嗎？

「那張照片上的遙香，眞的拍得很漂亮哦。」里佳誠心地說道。

「就是說啊，上次我拿那張照片給我的男性朋友看，他們興奮得不得了，一直說沒想到我認識這麼漂亮的女孩子，還吵著要我介紹給他們呢。」

「那妳怎麼回他們？」

「隨口敷衍掉啦。眞是的，到現在還不時有人打電話來囉嗦呢，不過我當然不可能讓他們見到妳本尊吧。」彩花話一出口，連忙捂住嘴，因爲她察覺到了遙香瞪過來的視線。

「妳們兩個是眞心想幫我的忙嗎？」

「當然啊，當然當然，所以我才建議妳變身成照片裡的妳呀。」

「怎麼可能變什麼身嘛。」

「我有個朋友很厲害，將來要當專業化妝師的，就交給她吧，她一定有辦法的。電視上不是常有類似的節目嗎？把普通的太太化妝成像女演員一樣漂亮，就是那種技術呀。」

「是喔……」蛋糕店內的牆壁嵌了整面的鏡子，遙香轉頭望向鏡中映著的自己，一邊反芻著彩花的提案。她也曉得化妝的確能夠讓女孩子改頭換面，「不過，眞的辦得到嗎？能夠把我化妝成和照片一模一樣？」

聽到遙香的低喃，兩個好友同時低下了頭。看到她們這樣，遙香的心情更沉重了。又不是要變身成另一個人，明明只是想化妝得接近那張照片中的自己，爲什麼會是這種反應？遙香覺得很難堪。

一陣沉默之後，里佳抬起了臉說道：

「我知道了，有個好方法。這就叫做雙管齊下。」

4

聽了遙香一番話，義孝登時睜圓了眼。

「妳要我在照片上動手腳？」

「沒錯。要把這些照片上的我，全都加工成接近這張照片上的面孔。」遙香邊說邊將數張照片連同那張山中湖畔的照片排放在桌上。

「等一下，我明白妳的苦衷，可是這樣並不能解決任何問題啊。照片不是不能加工處理，但是到頭來，妳和他還是得實際面對面吧？這樣修照片不就毫無意義了？」

「所以你不能幫我加工到一模一樣，必須要像不像的。」

「要像不像？」

「對。」

遙香的說明如下：首先透過化妝，盡量讓她的樣貌接近山中湖照片上的模樣，但是很可能成效有限，所以必須同時進行照片加工的作業，讓其他照片上的遙香有點像山中湖照片上的美女，卻又有些差距。具體來說就是，她打算接下來連續寄數張照片給吉岡徹，但那些照片中的遙香樣貌會一張比一張不像山中湖那張照片上的美女，而是更接近實際上的遙香面容，這麼一來，兩人眞正碰面的時候，照片與本人的差距就不會太大，對方的訝異程度也能降到最低了吧。

「原來如此。不過……有必要做到這種程度嗎？」義孝偏起了頭。

「求求你！哥！這種事我不可能去拜託別人，而且我又不會加工照片，只有你能救我了！」遙香頂著那張與父親一模一樣的臉孔，雙手合十拜託著義孝。
義孝嘆了口氣，「好吧，我就幫妳這一次。」
「眞的嗎？謝謝哥！」
「話說那張山中湖的照片，只拍了那一百零一張嗎？」
「那時候啊，相機連拍了兩張，可是另一張拍爛了，不知道爲什麼曝光過度，我的臉整個是白的。」
「是喔，那這張照片不就是千載難逢的上天賞賜了嗎……」義孝望著妹妹的美照低喃道。
當天晚上，義孝旋即打開房裡的電腦，挑戰照片的影像合成處理。他平日就熱中於單車旅行，常常會將旅行拍下的照片放上自己的網站，也因此他的電腦中裝有影像處理的軟體。他先透過掃描機將遙香交代給他的照片全部掃進電腦裡，打開第一張，照片上是滿面笑容拿著啤酒杯的遙香，似乎是聚餐時拍下的。他接著將那張山中湖的照片並排在聚餐照旁邊，再將兩張照片的遙香臉部分別放大。
那張圓嘟嘟的臉蛋怎麼可能變成這張女明星臉嘛。——義孝望著照片，在電腦前盤起了胳膊。
既然是同一個人的照片，理論上並不難合成，但是這兩張照片的主角實在怎麼看都不像同一人。不，也不能說是兩個人的照片，仔細對照，確實有些共通點，然而整體給人的印象卻愈看愈不像同一個人。

義孝心想，總之得想辦法克服了。他很慶幸自己長得不像老爸，雖然他也不記得母親的面容，但他非常感謝老天讓他遺傳到母親的長相。其實他也很清楚自己在一般人當中算是長得相當帥，甚至對此有些自負。

正因如此，他更覺得妹妹很可憐。以身爲哥哥的眼光來看，他也不得不承認，妹妹的長相並無法吸引男性，而且他也知道妹妹沒交過男朋友，這些年來，他始終期盼著有朝一日有人能夠愛上他的妹妹。

義孝操作著影像處理軟體，首先將聚餐照上的遙香眼睛加大，接著讓鼻子細瘦一些，這麼一來，多少比較接近山中湖照片上的女明星臉了。但是此時他遇上了最大的困難，就是那張大臉蛋。

他運用軟體的各種工具，在臉部加上陰影，些微更動臉頰的弧度，但不管怎麼修圖，那張臉看上去還是很大。

「怪了。不過話說回來，爲什麼這張照片上遙香的臉能夠拍得這麼小呢？」義孝一邊嘟囔著，一邊將山中湖照片上的遙香臉部放大到全螢幕。

「咦？這是怎麼回事？」他湊近螢幕嘀咕道。

5

假日午後，躺在沙發上看職棒日間比賽是幸三多年來的習慣，也是他少數的娛樂之一，這種時候他都不希望被任何事打擾，兀自熱一盤冷凍烤雞串，喝著罐裝啤酒爲自己心儀的球團加油，總是能夠讓他擁有幸福的一小段時光。

他再沒幾年就要退休了，但他心中了無罣礙，因爲義孝和遙香很快就要踏入社會獨當一面，以後每天都能夠過著像這樣無憂無慮的日子了。每次一想到這，幸三就難掩心中的喜悅，他退休後要做的事多得數不清，早就全都想好了。

他也覺得自己很厲害，二十多年的歲月，就這麼撐過來了。妻子洋子突然辭世時，遙香還是個小嬰兒，義孝也才剛學會走路沒多久，一介上班族帶著兩個年幼的孩子，眞的是有苦說不出，多虧了親戚和鄰居友人的幫助，自己才能撐過那段日子。

當中也有不少相親的機會找上他，但幸三一律拒絕了，因爲他不覺得世上還有像洋子那麼完美的女性。當然，這二十年來，他也不是沒動過眞感情，但他從不曾向對方表白心意。

他總是感嘆著，要是洋子還活著，不知有多好。等到兩個孩子長大獨立之後，他和洋子就能安心地過著養老生活，但那已經是永遠無法實現的夢想了。

那麼退休後的自己，至少拿著洋子的照片邊看邊回憶也不錯吧？但那也是不可能的事了。雖然他對兩個孩子的說法是，因爲沒有相機，所以沒留下妻子的照片，但事實並非如此，原本他手邊是有幾張洋子的照片的。

然而將那些照片全數燒毀的，正是幸三自己。當年他遲遲無法走出喪妻之慟，成天藉酒澆愁，直到有一天，他猛然驚覺自己再這樣下去是不行的，於是鐵了心將妻子的照片全部燒掉，想讓自己重新站起來。由於當時是一時衝動幹下的事，之後他當然後悔不已，時常鑽牛角尖責怪自己爲什麼不留個一張在身邊也好，望著妻子的照片思念她，不曉得會是多大的慰藉啊。

電視裡，他支持的球團主將正揮出全壘打，他這時才忽地回過神來。眞是不可思議，自己今天爲什麼會忽然想起這些往事呢？

傍晚時分，義孝回來了。

「老爸，聊一下好嗎？」兒子很難得對他露出一臉嚴肅的神情。

「好啊。怎麼了？」

「是關於這張照片……」他將遙香的山中湖照片放到桌上。

「喔，這張啊，眞的把遙香拍得好漂亮呢，沒想到那孩子也拍得出這樣的照片啊。」幸三說著戴上了老花眼鏡。寶貝獨生女卻長得像自己，對於這件事他也一直心懷愧疚。

「你不覺得這張照片有點怪嗎？」

「怪？你這小子，妹妹被拍得這麼美，怎麼說是怪呢？」

「我不是那個意思，爸你仔細看遙香臉部的輪廓，雖然頭髮遮到了一部分，可能看不太出來，可是這張臉的外圍還有另一個輪廓。」

幸三凝視著照片，經義孝這麼一說，他也發現似乎有個隱隱約約的影子在外圍，「應該是什麼東西的影子重疊到了，還是鏡頭髒了吧。」

義孝搖了搖頭。

「那不是影子，也不是鏡頭髒了，外圍的那個輪廓才是遙香的臉蛋。」

「啊？」幸三張大了嘴，「可是這兒不是有個清清楚楚的輪廓嗎？」

「不是這樣的。」義孝說到這，低下頭沉默了，似乎猶豫著該不該說出口。

終於，他抬起臉來，直視著父親的雙眼說道：

「老爸，這張照片啊，是靈異照片。」

「什麼……？」

「其實呢，我今天拿這張照片去找一位研究這方面的專家，他很肯定地說，這張是靈異照片。」

「哪、哪、哪裡靈異了……？」幸三的手顫抖著。

「就是我們乍看以爲是遙香的臉的部分有靈在。那不是遙香的臉，而是靈體的面容。我聽遙香說，當時連拍的另一張照片曝光過度，她的臉整個白掉了，所以這張照片按理說應該也是一張臉部全白的曝光照，但是靈體的面容卻剛好重疊在那處空白上，才會看起來就像是遙香的臉龐。」

「怎……怎麼可能……」

「可是這麼解釋就通了，不是嗎？所以我想讓老爸你確認一下，這個靈體，該不會就是媽媽吧？」

被義孝這麼突然一問，幸三一時間答不出來。因爲他一方面很難相信這種靈異事件，另一方面他也想到，這麼一來就能夠解釋當他看到這張照片時，那股奇妙的感覺從何而來了。之前第一眼見到這張照片時，他的內心甚至油然而生一股懷念的情緒。

「洋子……爲什麼要……？」

「這我就不知道了……」義孝垂下了眼。

幸三凝視著那張照片，愈看愈覺得照片中的影像的確就是他的亡妻洋子，正對著他盈盈笑著。

他的視線落到照片的右下角，那兒印著拍照日期，「八月二十三日啊……」

義孝湊過來看著照片，「日期怎麼了嗎？」

「八月二十三日……山中湖……」幸三大大地點了個頭喊道：「原來！」

「老爸，你幹嘛突然那麼大聲？」

「呃……，沒事。」幸三搖了搖頭，「對了，遙香跑哪兒去了？」

「遙香啊？唔……，聽說她去找朋友介紹的化妝師了。」

「是喔。」

幸三的視線回到照片上。

八月二十三日，那是他和洋子第一次約會的日子，而約會地點正是那座山中湖。眼前這張照片就是在山中湖畔拍的。

每年到了那一天，妳就會回到那個充滿我們兩人回憶的地點吧。——幸三對著另一個世界的妻子說道。而今年的那一天，女兒碰巧前往那處山中湖，洋子的靈體忍不住靠了過去，所以才會留下這張照片吧。

這是奇蹟啊。——幸三低喃著，望著這張透過因緣巧合來到他手中的妻子照片，仰頭喝下了啤酒。

（全文完）

解說

黑色夢中——《黑笑小說》的奇想世界

顏九笙

＊本文涉及小說情節，未讀正文者請勿閱讀

所謂的搞笑，其實一點都不溫和。如同剛才說的，因爲搞笑的根源在於惡意，相當具攻擊性；而就是由於有了那股狠勁，讀者才會覺得好笑。

——京極夏彥／《毒笑小說》卷末特別對談

在三年前我初次讀完《白夜行》和《信》的時候，被作者的「心狠手辣」給嚇著了，半開玩笑地跟人說「東野圭吾眞是殘酷的作家」，每次想到要讀他的小說都覺得有點退縮。但後來我發現，這種「殘酷」在搞笑的時候就是一種美德了——道理很簡單，要是沒人直說「國王沒穿衣服」，〈國王的新衣〉這個故事怎麼會好玩？而且「歡笑可以消除恐懼」，東野圭吾的辣手發揮在搞笑上面，正好可讓一般讀者注視現實的種種問題，還樂得哈哈大笑，等於一種無痛治療。

如果你和我一樣，抱著同樣的心情啃讀了《怪笑小說》和《毒笑小說》之後，再接著讀完這本《黑笑小說》，是否感覺到它和前面兩部作品又有點不一樣了？

要談論這個短篇小說集，我想繞個路，先從筒井康隆說起。

在《毒笑小說》的特別對談裡，東野圭吾說他以前看了很多筒井康隆的作品，京極也怨嘆爲什麼沒有人出專書研究他的搞笑手法；筒井康隆在台灣可見的中文譯作並不多，一般讀者比較熟知的或許是《富豪刑事》，但我腦中卻先想到《清晨的加斯巴》裡的某個段落——作中作的「作者」櫟澤被批評他的讀者給惹毛了，索性以飛機爆炸意外寫死了筆下一半的角色，接著花了超過十回的篇幅大罵讀者（對於現實世界裡的讀者來說，這長篇痛罵極盡挑釁之能事），最後還「利用在虛構世界無所不能的優勢，抓起一旁沒有金魚的魚缸，『喀喀喀』地把它咬碎了。」（《清晨的加斯巴》，獨步版二五三頁）

這段敘述乍看亂七八糟，初次閱讀的讀者很可能一頭霧水，甚至勃然大怒，但讀完這本書漂亮的收尾以後，就會恍然大悟。這種作品帶來的樂趣，和開電視看綜藝節目一分鐘就得到、一分鐘即忘掉的即時笑點完全不同；爲了讓讀者參與閱讀的整個過程都很有趣，筒井康隆不惜做出看似完全相反的事情——像是激怒讀者。他的作法如此大膽，適應不良的讀者可能不覺得有趣，能跟上他腳步的讀者卻有一種解放的痛快；也難怪東野和京極會如此地仰慕這位前輩。東野在對談結尾處說道：「……橫豎要寫，不如寫些脫軌的搞笑小說，最好讓讀者邊看邊懷疑『這個人腦袋是不是有問題』，順便撩撥一下讀者的『黑暗面』。」這樣看來，《黑笑小說》似乎朝這個解放的方向更邁進了一步？在《黑笑小說》中固然有〈奇蹟美照〉這樣溫柔的小故事，但大多數短篇的筆觸都更加辛辣，選擇題材時也更具體地朝著成人／商業社會的痛腳狠狠踩下去；營造整體故事趣味的過程中，讀者不一定會大爆笑，但身上的種種情緒穴道，倒是會一一被戳個正著，最後如願得到一場痛快。

就題材方面來說，從〈另一種助跑〉到〈決選會議〉的前四篇作品，算是東野版的「文壇二十年目睹之怪現狀」，直接拿他熟悉的文學界來開刀，所以刀刀正中要害，也因此特別好笑——過氣作家硬撐出一副看破虛名的樣子，誤以爲得了獎，卻還是興奮到昏死過去；剛得獎的業餘作家滿腦子飛黃騰達之夢，卻不知道在編輯眼中，他什麼都不是；即使是眞正有才華的新秀，在冷酷的商業估算之下，也沒有幾天好景；新人獎的決選會議，結果居然是淘汰過氣作家的「考試」。當然，這幾則短篇對有志於文學的青年會造成最大的打擊——但這種人前一套、人後一套的作法，大家在自己的生活圈裡想必都看過吧？〈說不定自己也是？〉〈巨乳妄想症候群〉、〈痿而康〉、〈萬人迷噴劑〉則拿人類的性本能來開玩笑。〈臨界家庭〉則指出商業考量如何操縱一般人的生活。〈灰姑娘白夜行〉和〈不笑的男人〉嘛……，可說是東野圭吾把玩笑開到自己身上了。灰姑娘讓人不由得想起心機深沉、爲求幸福不擇手段的雪穗；至於搞笑失敗，當然是所有搞笑作家的夢魘！

另外值得一提的是，書中大約有一半的故事有科幻或奇幻色彩，讓人不由得想起影響深遠、寫下大量極短篇的星新一，還有阿刀田高充滿「奇妙之味」的短篇小說。從〈巨乳妄想症候群〉到〈萬人迷噴劑〉，每一篇都包含眞有其事的科學知識（幼形成熟、安慰劑效應、家塵與空氣污染、主要組織相容性複合基因等等，你說不定在報紙上也曾偶爾讀到），再加上作者的奇想之後，卻出現讓人噴飯的發展。在〈巨乳妄想症候群〉之中，敘述者甚至在故事中段煞有介事地談起巨乳、大奶等等名詞的由來和歷史軼事，認眞到讓讀者開始懷疑，作者是不是忘情地跳出來直接發言了？直到最後我們才發現，要有這段「嚴肅」的歷史回顧，才能成就最後那個「主角很尷尬、讀者很開心」的結尾。

某幾篇故事（如〈決選會議〉和〈灰姑娘白夜行〉）顯然有個回馬槍式的驚奇結局，但我特別注意到有幾篇故事看似「不了了之」，卻頗有餘韻。比方說文壇系列的第三篇〈過去的人〉，描繪了新人獎頒獎典禮上的百態，最後以這麼一句話收尾：「頒獎儀式一結束，得獎人就是過去的人了。」這句話就像落語裡的收場白，有著畫龍點睛的效果；本書中收錄的〈太清晰〉、〈跟蹤狂入門〉和〈不笑的男人〉，也都是類似的收束方式，後兩篇還有某種很奇妙的寂寥風味。整體來說，《黑笑小說》會激起的笑浪可能沒有前兩本姊妹作那麼大，但卻帶來更多樣化的刺激，讓人十分好奇，將來東野圭吾還會寫出什麼樣風格的短篇小說呢？會更滑稽、更辛辣、還是更溫馨呢？

我們可以確定，東野圭吾的未來性還是非常看好。

本文作者介紹

顏九笙，熱愛各種脱軌觀點的推理文學研究會（MLR）成員。

國家圖書館出版品預行編目資料

黑笑小說／東野圭吾著；阿夜譯. -- 初版. -
台北市：獨步文化：家庭傳媒城邦分公司發
行，2011〔民100〕
　面；　公分. --（東野圭吾作品集；
26）
　譯自：黑笑小說
　ISBN 978-986-6562-80-8（平裝）

861.57　　99023304

東野圭吾作品集26 黑笑小說

原著書名／黑笑小說
原出版社／集英社
作　　者／東野圭吾
翻　　譯／阿夜
責任編輯／詹靜欣
編輯總監／劉麗真
總 經 理／陳逸瑛
榮譽社長／詹宏志
發 行 人／涂玉雲
出　　版／獨步文化
城邦文化事業股份有限公司
104台北市中山區民生東路二段141號5樓
電話：(02) 2500-7696　傳真：(02) 2500-1967
發　　行／英屬蓋曼群島商家庭傳媒股份有限公司
城邦分公司
104台北市中山區民生東路二段141號2樓
讀者服務專線：(02) 2500-7718; 2500-7719
24小時傳真服務：(02) 2500-1990; 2500-1991
服務時間：週一至週五上午09：30-12：00；下午13：30-17：00
讀者服務信箱E-mail：service@readingclub.com.tw
劃撥帳號／19863813
戶　　名／書虫股份有限公司
香港發行所／城邦（香港）出版集團有限公司
香港灣仔駱克道193號東超商業中心1樓
電話：(852) 25086231　傳真：(852) 25789337
E-mail: hkcite@biznetvigator.com
馬新發行所／城邦(馬新)出版集團 Cite (M) Sdn Bhd
41, Jalan Radin Anum, Bandar Baru Sri Petaling,
57000 Kuala Lumpur, Malaysia.
電話：(603) 90578822　傳真：(603) 90576622
email:cite@cite.com.my
美術設計／戴翊庭
排　　版／浩瀚電腦排版股份有限公司
印　　刷／鴻霖印刷傳媒股份有限公司
□2011年（民100）2月初版
□2019年（民108）6月20日初版十刷
售價／320元

Printed in Taiwan

獨步文化
APEX PRESS

廣　告　回　函
北區郵政管理登記證
台北廣字第000791號
郵資已付，免貼郵票

104台北市民生東路二段 141 號 2 樓

英屬蓋曼群島商家庭傳媒股份有限公司

城邦分公司

請沿虛線對摺，謝謝！

獨步文化
APEX PRESS

書號: 1UE026　　**書名**: 黑笑小說　　**編碼**:

請於此處用膠水黏貼

獨步文化 APEX PRESS

讀者回函卡

謝謝您購買我們出版的書籍！
請費心填寫此回函卡，我們將不定期寄上城邦集團最新的出版訊息。

姓名：______________________ 性別：□男 □女

生日：西元__________年__________月__________日

地址：____

聯絡電話：______________________ 傳真：______________________

E-mail：____

學歷：□1.小學 □2.國中 □3.高中 □4.大專 □5.研究所以上

職業：□1.學生 □2.軍公教 □3.服務 □4.金融 □5.製造 □6.資訊
□7.傳播 □8.自由業 □9.農漁牧 □10.家管 □11.退休
□12.其他______________________________________

您從何種方式得知本書消息？
□1.書店 □2.網路 □3.報紙 □4.雜誌 □5.廣播 □6.電視
□7.親友推薦 □8.其他______________________________

您通常以何種方式購書？
□1.書店 □2.網路 □3.傳真訂購 □4.郵局劃撥 □5.其他

您喜歡閱讀哪些類別的書籍？
□1.財經商業 □2.自然科學 □3.歷史 □4.法律 □5.文學
□6.休閒旅遊 □7.小說 □8.人物傳記 □9.生活、勵志 □10.其他

對我們的建議：______________________________________
____
____
____
____

請於此處用膠水黏貼